再愛的人
也是別人

彭樹君　著

序——再愛的人也是別人

再讀一次自己所寫的這本書，發現筆下的人物總是在告別，對留戀與執著告別，對悲傷與心痛告別，對已成過往的別人告別，也對從前的自己告別。

告別，然後回到一個人的狀態，獨自面對屬於自己的生命風景。這是必須的穿越。經過這樣的穿越，人生從此將會有更遼闊的開展。

有些時候，我會看見身旁有些朋友困在情感的牢籠裡，為了某種僵局而進退不得，雖然不喜歡那樣能量低迷的自己，卻害怕改變。或許是因為覺得有另一個人的存在，自己的生命才完整，所以恐懼失去，無論如何都要緊緊抓住守住，因此不快樂，不自由，也不敢表達真正的自己。

我明白那是什麼感覺，因為在很年輕的從前，我也曾經有過那樣的恐懼，為了被愛，反而自我委屈。

但後來我懂了，真正令人痛苦的並不是因為失去別人，而是因為失去自己。

當一段感情結束，重要的也並不是再遇到另一個別人，而是找回自己。

一切的不快樂不自由，反轉其實都在一念之間，一旦明白再愛的人也是別人，也就解開了自設的牢籠，生命從此有了流動與改變。

*

每一段感情剛開始的時候，我們都期待永恆，而在這段感情結束的時候，我們也都才知道，花開花謝是必然的過程。

我們都曾經想要好好去愛一個人，但後來我們也都經歷了種種傷心失望，甚至背叛遺棄的遭遇。

然後我們也都看透了，明白了，瞭然了，領悟了，我們終於知道，再愛的人也是別人。於是我們也就放下了，釋懷了，然後更懂得愛自己。

既然是別人，那麼就各自努力，隨緣好去。

一旦有勇氣面對自己，就有了穿越一切困厄的能量，並且得到釋懷，知道所有的發生都不是偶然，上天沒有平白無故讓你受苦的道理。人本來就是單獨的個體，不會因為失去了誰就無法活下去。解脫了愛與恨的束縛，生命從此成為一種平靜的祝福。

自信這種素質是隨著年齡和閱歷而漸漸累積的，太年輕的時候總是很難相信自己可以單獨面對全世界。總是要發生一些什麼，崎嶇也好，坎坷也罷，人生總要有一些故事，我們才能成為自己可以成為的樣子。

是的，雖然愛曾經是一場失控的煙火，但一切燃燒成灰之後，灰燼中也能開出領悟的花朵。

*

本書是皇冠雜誌的「聽樹君說故事」專欄集結，四年半的時間，五十餘篇裡挑出這三十一篇。當我在寫下這些故事的時候，其實也是對自己的心境做了一個漫長的總整理。三十一是我的生日數，所以這對我來說，或許也具有某種意義。

這次封面選了綠色，因為綠色是心輪的顏色，而心輪是愛所在的地方，所以綠色也是愛的顏色。粉紅百合的花語則是清純與優雅，象徵在經過人生種種之後，我們的內在更透徹、更有智慧、更充滿能量、更懂得愛自己，卻也依然擁有那顆純真無偽的初心。

所有的故事都是真實與虛構之間的產物，通常都是有某個契機觸動了我，讓我想要用一個故事帶出我想說的話。如果讀完了這本書，你的心裡有了一些領悟，一些感觸，能得到一些療癒，一些共鳴，那就是我的安慰。

＊

是的，這本書裡的人物總是在告別。

每一個告別之前都有一場痛徹心扉的過程，每一場過程最後都有一種海闊天空的領悟，每一種領悟都帶來一次無比珍貴的自我成長。

告別之後才能放下，才是重生的開始。而我所寫的就是那其中的心路曲折，想說的則是走過曲折之後，那些豁然開朗的光亮。

總是有過風花雪月，也有過風霜雨雪，在來到平原狀態之前，我們總要先經歷過那些高峰與低谷。

曾經害怕寂寞，現在卻喜歡獨處。

曾經擔心孤獨終身，現在卻很能享受一個人的寧靜與甜美。

再愛的人也是別人，所以要時時刻刻學會告別。即使在愛的當下，也要明白任何人都是生命中的過客，自己才是這個世界的核心。

無論經歷過怎樣的喜怒哀樂和悲歡離合，人最終都是要回到自己。能永遠和自己在一起的，也只有自己。

這是我為每一個追尋自我的人所寫的情書。在走過生命的風浪與悲歡之後，親愛的，我們都不要忘了，再愛的人也是別人，最愛的人該是自己。

CONTENTS

再見，或許再也不見

謝謝，關於那些好的與壞的

一個人，
孤獨又美好

不再等待別人

在我的朋友之中，有許多質感很好的女子，身邊卻一直沒有護花使者，茉莉就是其中之一。

不是沒有人追求，只是茉莉沒有對任何一個追求者有動心的感覺。她想要的是靈魂伴侶，而那屬於靈魂層次，百分之百的可遇不可求。

形單影隻的茉莉自己其實滿自在的，但她身旁總有人擔心她老來無靠，勸她降低標準，可是茉莉說，她沒有任何標準，所以也無從降低起。「動心就是動心，不動心就是不動心，那是感覺，不是標準，無法湊合。如果真有這麼一個人，當我們遇到彼此，覺得對了，那就是了。若是沒有這麼一個人出現，那就算了。」

茉莉前些日子認識了一個有名的靈媒，那個美麗的靈媒告訴茉莉，她的情感太纖細，像某種不屬於這個世界的高音，很難遇到可以與她共鳴的對象，換句話說，茉莉這輩子大概是注定要獨身了。我以為茉莉會很難過，沒想到她竟然十分釋懷。

「這樣很好啊，知道根本不會有，我也就不必再多做期待了。」

茉莉早已有一個人過一生的心理準備，她豁達地說，那也沒什麼不好。「一個人的日子可以過得很快樂，過去我是這麼過來的，以後也就可以這麼過去。」

茉莉並不想為了找一個伴侶而勉強自己，她說自己一個人並不會寂寞，「反而是一想到有個人在身邊卻無話可說，就會讓我寂寞起來了呢。」

*

寂寞有時像一種腐蝕心靈的強酸，確實會讓某些女人寧可降格以求，只要夜裡有個可以枕著入睡的臂膀，讓人遠離寂寞的侵襲就好。那樣的心情，雲希曾經十分明白。

所以她承受著那個男人帶給她的所有難題，例如一次又一次的外遇，例如幫他籌錢創業卻讓她自己負債累累。

其實旁邊的人都看得很清楚，那個男人根本不值得雲希的付出，但雲希幽幽地說：「至少每天夜裡，他都會回家……」

所謂的家，其實是雲希買的房子，那個男人住在其中，飯來張口，茶來伸手，沒有洗過一只碗，也沒有掏錢出來買過一包衛生紙，有雲希打點一切和無微不至的服侍，他何樂不為，當然要回家。

在這段關係裡，他唯一提供的只是一條夜裡讓她枕著入睡的手臂，就為了那一點點的溫度，讓她付出所有的感情和全部的存款。但當她發現自己的失眠愈來愈嚴重的時候，她終於不得不對自己承認，他的臂彎其實並不舒服。

「我常常徹夜流淚，但他總是裝作不知道，翻過身又繼續睡。我後來想，這個人真的不愛我啊，否則怎麼會忍心讓我那麼難過？他和我在一起，只是因為我對他來說很好用，如此而已。」

雲希的領悟雖然來得有點晚，但至少她是想通了。請那個男人搬出去之後，她第一件事就是出門去為自己買個抱枕，那天晚上她睡得很好，擁著抱枕的感覺像是擁抱著自己，那讓她感到妥貼與安心。

「和一個讓妳不快樂的人在一起，真是一種可怕的自我浪費，再沒有比那更讓人寂寞了。不，不只寂寞，而是荒涼，無與倫比的荒涼。」如今回想起那段暗夜獨自飲泣的日子，雲希只覺得不可思議，那時的自己是鬼迷心竅了嗎？怎麼會為了一個男人把自己推到那步憂鬱的田地？現在的她再也不想為某個人傷神了，只想一個人好好過日子。

＊

關於一個人好好過日子這件事，雪晴一直做得很好。

她依山而居的家有個小小的庭院，裡面種滿了各種香草，羅勒、薄荷、迷迭香、百里香、香蜂草……當做菜需要的時候，她就會挽個小提籃去摘香草，那樣的畫面有一種自給自足的幸福。

雪晴喜歡做菜，也喜歡邀請朋友到她家去品嘗她突發奇想的創意料理，她是個很好的女主人，總能讓所有人都賓主盡歡。她那幢英國鄉村風格的小屋，永遠充滿了烹飪的香氣。

除了做菜之外，雪晴還會修水管、換燈泡，甚至會自己在牆上釘釘子，一般歸男人管的家事粗活似乎都難不倒她，然而生活上的技能是一回事，心靈上的需求是另一回事。「一個人吃飯有時會忽然難過起來。」她說，「所以我還是很渴望有個相愛的生活伴侶。我想要做菜給自己喜歡的人吃。」

為了「想要做菜給自己喜歡的人吃」這樣的念頭，雪晴決定到義大利去學做菜。雖然那個人還不知道在哪裡，但她樂觀地說，只要抱著這樣的期待上路，她願意為他做菜的那個人就會在她的生命中出現。

黛安・蓮恩主演的電影《托斯卡尼豔陽下》裡，有個關於火車的意象，令人印象深刻——不知道從阿爾卑斯山那頭過來的火車什麼時候會通行，但義大利人相信，只要先把鐵軌鋪好，火車總有一天會到來。

雪晴也是如此，為了專心把鐵軌先鋪好，她辭去工作，賣掉房子，一個人到了遙遠的義大利，一切重新開始。這樣的勇氣令人震驚，也可見她的決心。

數年之後，雪晴從歐洲回來，在台北開了一間義大利餐廳，生意好到要一個月前訂位。我和另一個朋友約在雪晴的餐廳見面，她開了一瓶年份很好的紅酒送給我們當佐餐。我問她是否已經找到那個願意為他做菜的人？她輕輕一笑。

「一言難盡啊……總之，現在我還是自己一個人。但無論如何，我最後找到了自己最喜歡的事情，就是做菜給很多人吃，所以現在的我，是前所未有的幸福。」這個當下，她的表情平和溫暖，十分動人。

我想，在這些年當中，雪晴應該經歷了一些故事，也了悟了一些什麼。

但就像她說的，無論如何，她找到了自己最喜歡的事情，那種幸福感不是來自一個人，而是來自很多人。她鋪了一條鐵軌，到了另一個不在原先預設中，卻有著另一番風景的美好之地。

*

有一種心境需要時間，有一種明白需要歲月。

誰都希望被愛，但一個人也可以好好的，卻是更重要的。

總有一天，我們都會懂得，當不再等待別人也不再期待永遠，會有真正的從容與淡定，還有千金難買的自在。

桃樂絲

她心悸、腹脹、心情煩躁、吃不下睡不好，整個人都不對勁，卻又說不出哪裡生了病。她只知道自己不能再這樣下去，於是她向公司請了一個下午的假，逃難似地離開了那幢壓迫她的大樓。

她覺得自己該去找一個山谷好好地、痛快地大叫，像電影《情書》裡的中山美穗那樣，對著遠山大喊，說不定就能喊出心中的鬱積，可是哪裡有山谷可以讓她大喊大叫呢？她站在街頭發呆，不知何去何從，好半天之後才發現自己正站在一所中醫診所的門前，她想這是上天給她的暗示，於是就走進去了。也許醫生可以開點藥給她，讓她好過一點。

週間下午的中醫診所裡門可羅雀，幾乎是一掛了號就輪到她了。她進入診間，坐在那個滿頭白髮的老醫師面前的椅子上，伸出手來給他把脈。老醫師觀察了她的氣色和眼睛，然後悠悠吐出一句話：

「妳是桃樂絲。」

「啊？」她一愣，以為自己聽錯了。

「桃樂絲呀，《綠野仙蹤》裡面那個桃樂絲。妳不知道喔？」

「啊？」因為沒聽錯，她更驚愕了。

她當然知道《綠野仙蹤》，那是每個人小時候都讀過的童話。桃樂絲被颶風捲到另一個國度，路上遇見獅子、稻草人和鐵皮人，於是大家一起結伴去尋找有魔法的奧茲大王，因為獅子想得到勇氣，稻草人想得到智慧，鐵皮人想得到心，而桃樂絲想回家，這些都需要奧茲大王的幫助。可是在這個老舊平凡的中醫診間裡，聽到一個說話帶著濃濃本土腔的老醫師提到桃樂絲，這真的太違和了。

「為什麼說我是桃樂絲？」她怔怔地問。

老醫師一邊開處方箋，一邊不疾不徐地說：「因為妳要開始尋找自己了。」

她感到自己內在某處有輕輕的震動，彷彿遠方吹起颶風。

老醫師繼續說：「身心相連嘛，是因為妳的心卡住了，所以妳的身體才有這些問題。」

「我的心卡住了？」她迷惑地重複。

老醫師橫了她一眼，有點不耐了。「卡住了啊，不鬆開不行！妳的身體不是都已經告訴妳了嗎？」

她不敢再多問什麼，帶著滿心問號離開那間中醫診所。

回到家後，她研究了一下藥包上所列的配方，當歸、川芎、紅花、熟地、桃仁、何首烏、枸杞子、阿膠、丹參，都是些調血補氣的一般藥材，但裡面哪一樣可以幫助她尋找自己？她燒了一壺水，服了一帖藥，心想，那個老先生究竟是中醫師還是巫師啊？為什麼他所說的話都帶著耐人尋味的深意呢？

心卡住了，如果這意思是說她常常感到困頓與厭倦，那麼確實如此。

她今年三十二歲，在一間大公司的人事部門做事。公司的門面很氣派，但人事部屈居在某個小房間，整個部門包括她一共三個員工，同事們平常各自埋在電腦前工作，彼此之間很少交談，氣氛沉悶得像蠟像館。

她的工作內容是管理某個階層以下的人事檔案，在Mail上回答種種詢問（病假有扣薪嗎？喪假如何補助？要服務幾年才能拿到退休金？），也在Mail上回應種種抱怨（端午節的獎金給付怎麼這麼晚還沒公布？請假單好難填是不是設計有問題？我明明沒遲到為什麼被扣薪？）。她只是大公司裡微不足道的一個基層員工，但大部分的同事卻把人事室歸類為資方為了貫徹邪惡意志的傳聲筒，無形中形成某種敵視狀態。工作瑣碎繁雜還在其次，主要是處理人的事務令她心力交瘁，每天下班的時候，她都覺得自己全身充滿了負能量，需要用艾草來沐浴除穢。

曾經有一段時間她感到自己體力愈來愈差，而她聽說快走是很好的運動，所以就每天提早一個小時進公司，然後繞著公司大樓快走十圈。一段日子之後，她真的覺得精神比較好了，但她的上司卻繃著臉對她說，公司裡有人投訴，說她這樣繞著公司大樓快走讓人感覺很不安。

「為什麼不安？」她不解。

「人家就是覺得妳很奇怪。」

她並沒有礙著任何人，別人卻覺得她的行為礙眼，而且還要透過她的上司來施壓，但這就是這個社會的體制。她從此不再這麼做，一來是覺得灰心難堪，二來她也不願自己在他人眼中是個怪人。如今回想起來，那樣繞著公司大樓一圈一圈地走簡直像她的人生隱喻，無論走了多久，其實只是在原地繞圈子。工作如此，生活也如此。

工作日復一日，沒有變化。生活日復一日，也沒有變化。

那麼愛情呢？沒有愛情。每天關在人事室裡回覆充滿負能量的公司內部

E-mail，她什麼人也遇不到，情感生活一片空白。

小時候的作文課上，老師出了「我的夢想」這個題目，她興高采烈地寫著：「將來我要走遍世界，去欣賞想像不到的美景，去認識各式各樣的人們，去活出多采多姿的人生。」那篇作文被老師誇獎了一番，讓她在全班面前朗讀，同學們還給了她熱烈的掌聲。那時的她怎麼也不會想到，後來的自己過的竟是如此單調無聊的日子。

這不是她要的人生，但她覺得每個人的人生多少都是無奈的，除了忍耐把日子熬過去，別無他法。

可是有一個人說她是桃樂絲，要尋找自己，要鬆開卡住的心，這像是一帖奇妙的心藥，對她產生了一些神奇的作用。她開始會想，人生真的只能這樣嗎？生命的意義是什麼？活著如果只是熬日子還值得繼續下去嗎？

這都是她以前壓抑著不去想的問題，因為覺得想了也沒用，但現在她不但會想這些問題，還會思考另一個問題：如果不喜歡自己目前的狀態，可以如何改變？

她知道自己非改變不可，她不想再過著這樣一成不變的生活。如果不改變，到了四十歲她還是會日復一日重複著同樣的單調與無聊；如果不給自己的未來一些期待，何必活到未來呢？

但要如何改變？她想，就先從一些小事做起吧。

她開始學著為自己做菜。過去她並不太在乎自己吃了什麼，食物對她來說，主要的意義在於果腹，但現在她會想，這種隨便打發自己的態度也太不愛自己了吧！西洋諺語不是說嗎？You are what you eat. 應該要很慎重地對待自己將要吃進去的食物，因為它們都會成為自己的一部分。

她以前總想著有了男朋友之後就要來學做菜，可是她不是更該為自己好好做這件事嗎？男朋友還在遙遠的天邊，自己才是日日相處的人啊！她這才驚覺過去竟是如此輕忽自己。

為了買新鮮的蔬菜，現在她每天下班後都提前兩站下公車，在路邊的黃昏市場採買一日所需，然後和夕陽一起散步走路回家。挑選食材的過程帶給她不少樂趣，回家後她很用心地為自己料理晚餐，並準備明天要當作午餐的便當。也因為便當是每天要帶的東西，她想要常常變換不同的便當盒來給自己不一樣的心情，所以她也開始常常去逛生活用品店，而那帶給她另一種樂趣。

只是一個為自己做菜的改變，她原本乾枯的生活漸漸有滋有味了起來。

在她常去的生活用品店旁邊是一間美語中心，她多次經過，不禁開始考慮，也許把年久失修的美語學好是個不錯的主意。增進自己的外語能力總是不會錯的，雖然她的程度從國中起就沒好過，但她還是勇敢地報了名，就算要從ABC學起都沒關係。

在這一刻，她發現自己變了。以前的她會擔心別人怎麼看自己，現在她知道不必管別人怎麼想，而且別人通常根本也沒在關注自己，預設別人對自己的想法其實是一種多心。為了擔心別人的看法而自我設限，從頭到尾不過是自己的內心戲，別人其實渾然不覺，也不在意。

再說，就算別人真的對自己有什麼看法，那重要嗎？生活是自己在過的，人生也是自己要經歷的，何必去在乎別人怎麼想怎麼看呢？

是的，她真的變了，她覺得自己內在湧動著一些能量，那是過去沒有的。

她也發現，以前的程度如何其實不重要，重要的是她現在對學習外語充滿興趣。學好一種語言，就打開更廣闊的世界。雖然她還不知道將有什麼樣的發生，可是這讓她對未來多少增加了一些期待。

公司裡常有年輕職員在三十歲前離職，她的工作內容之一就是要經手離職手續，於是發現這個年紀顯然是個人生關鍵，或許決定轉職，或許因為結婚而決定離開原來的工作，或許是因為想趁著三十歲的年齡限制而出國打工度假。這種手續經手多了，讓她在三十歲那年也曾動過同樣的念頭，既然沒有什麼錢可以去旅行，何不就以打工的方式出國去看看這個世界？但因為猶豫遲疑，沒有付諸行動，結果一眨眼，她就三十二歲了。

然而有一天，她在上課之前隨意瀏覽美語中心的訊息欄，發現匈牙利開放了一百名打工度假的名額給台灣青年，十八到三十五歲都可以申請。她訝異地上網一查，發現加拿大也是以三十五歲為上限。加拿大有英語區，或許她可以去那裡驗收一下自己這段期間的學習成果。於是她上了加拿大的官方網站去報名，但這只是第一步，畢竟名額有限但申請者眾，抽中的機率頗低，所以她其實並沒有懷著很大的期待。沒想到過了一段時間之後，她真的收到了回覆，而且必須在短期之內辦妥一切手續成行。

也就在這個時候，公司上層來徵詢她，是否願意接手人事室主任的職務？換句話說，在工作多年之後，她終於要熬出頭了，薪水比以前多三分之一。

面臨抉擇的此刻，她沒有太多猶豫。於是她再次發現，自己真的變了。

現在的她很清楚自己真正要的是什麼，而她說，她喜歡這樣的自己。

＊

我在成田機場附近的咖啡廳遇見她，因為位子不多，所以陌生人只能併桌，但我們很驚喜地發現對方也是從台灣來的，而且還是從同一班飛機下來的，於是就聊了起來。我正等待朋友來接我，而她將在東京停留一晚，第二天就要轉去溫哥華。

她笑容可掬，眼神明亮，雖然身材嬌小，卻彷彿內蘊著豐沛的能量。我以一杯咖啡的時間聽說了她的故事，旅途的疲憊都消除了。

「這樣的選擇很不容易呢。」我說。

「不會呀，我沒什麼需要考慮的。」她笑了起來，「當上人事室的主管，只不過是管更多人事檔案，聽更多詢問和抱怨，失去那個職位一點也不可惜。」

想想後來這一切都是因為那天那個下午，她走進了一間中醫診所，遇見那位老醫師的緣故。上天有時候會派喬裝的天使來傳遞一些訊息，但也是因為她願意改變，才有後來種種的發生。

「在那次之後，妳曾經再回去過那間中醫診所嗎？」

她搖搖頭。「說也奇怪，我後來怎麼也想不起來，那間中醫診所究竟是在哪條街上？到底叫什麼名字？就算我想再去，也已經找不到了。」

我的朋友來接我了，她也同時起身準備前往下榻之處。萍水相逢的我們互相擁抱，竟也有些離情依依。

「桃樂絲，一路順風喔。」我說。

她笑著點點頭，推著行李箱轉身往街頭走去。我看著她嬌小卻堅定的背影隱沒在人來人往之中，心想，桃樂絲已經找到了自己，擁有獅子要的勇氣、稻草人要的智慧和鐵皮人要的心，這樣的桃樂絲無論在世界的哪個角落，一定都可以找到回家的路。

空屋少女

秋天來臨之前，我離開了長達二十一年的編輯工作。那是傷感的離別，因為直到最後一刻，我都是愛我的工作的。多少青春歲月皆付其中，那其中有太多的回憶，我需要安靜下來整理這份心情。

朋友F向來善解人意，主動把一串房子的鑰匙交給我，說我想住多久都可以。「那裡夠安靜了，只要妳關上手機，就不會有人來打擾妳。」

於是我開了很久的車，上山下山又上山，找到了F居山面海的房子。

這裡果然十分安靜，而且充滿硫磺的氣味，高聳在深山裡的大廈群層層疊疊，卻沒什麼人煙，夜裡只有幾戶亮起燈火，顯得疏落，寂寞，還有說不出的陰森。F的房子就在最後一排大廈的最高一層，面海有落地窗，面山有陽台。屋內其實滿舒適的，但房子的外觀卻因硫磺的緣故處處剝落，顯得破敗老舊。在這人跡稀少的深山裡，這一大片少人居住的溫泉大廈看起來委實有著詭異之感，好似是外星人曾在這裡建立某種文明的遺跡。

站在落地窗前，我居高臨下望著眼前荒寂的建築，想不透當初怎麼會有建商到這裡來蓋這麼一大批高樓？據F說都是為了溫泉的緣故，建商當初說買了這裡的房子，就得到了最好的溫泉，F也以為有了這間房子，自己就可以在假日來泡泡溫泉，好好放鬆身心，卻一年來不到兩次。因為路途太遙遠，開車往返太累人，但想脫手又沒人買，只好把這房子扔在這裡。顯然其他買家也面臨著相同的問題，結果就是這整片溫泉度假小屋成為乏人問津的廢墟。

但這樣正合我意，這就是我想要的無人的安靜。

白天我在山道上散步，晚上就在屋子裡讀書。我帶了三本總厚度一共十二公分的書，並決定在讀完這些書之前都要住在這裡。夜深人靜的時候，我則會到一樓的公共湯屋去泡湯，偌大的湯屋裡煙霧蒸騰，往往只有我一人，那感覺奢侈中帶著荒涼，不免讓我想起《鬼水怪談》之類的電影，可是我心裡並不懼怕，因為人的世界比鬼的世界複雜多了，何況我沒做過什麼虧心事，也沒什麼好怕。泡完湯後，我搭著發出哐噹哐噹聲響的電梯直驅最高的第十八層樓。鏡子照映出我單獨的身影，而我一路專心觀察著自己的呼吸，下意識地避免去想起各種與電梯和鏡子有關的傳說。就算我再大膽，也會稍稍擔心如果在這時停電怎麼辦？這裡的手機收訊要憑運氣，如果被困在電梯裡，還真不知如何求援。

所以那回泡湯完後的深夜電梯在五樓停下來的時候，我的心跳不禁漏了一拍。

＊

電梯停下，門緩緩打開，飄進來一個塗著紫色唇膏、描著粗黑眼線、面容慘白的長髮少女，那種暗黑系化妝在這個時刻十分應景，如果不是因為她穿著膝蓋破洞的牛仔褲和T恤，我大概一時之間真的會想到岔路去。她面無表情地看了我一眼，就直盯著電梯燈號，看樣子並不打算與我交談。她沒有按下要去的樓層，所以她也是要去十八樓嗎？

十八樓到了，她和我一前一後走出電梯，我看著她在我右邊那戶門前停了下來，然後蹲下身去，從門前的鞋毯底下摸出一把鑰匙，打開了門。喔，原來她是我在這裡的鄰居！原來隔著牆，有人與我共享著這裡的寂寥與寧靜。我頓時對這個少女湧起一股說不出的親切。

「晚安。」我對她微笑頷首。

她看了我一眼，沒說什麼，只是挑挑眉，就轉頭進門去了。

在那之後，每當我經過右戶門前，都會想著這裡是有人住的，那種感覺就像在火星上發現另一艘太空船一樣，但除了那個少女，我並不曾看見還有其他人進出，而一個十七八歲的女孩獨自一人住在這裡真有些奇怪。

有個下午我開車下山，採買了一堆食物回來，看見她蹲在路旁注視著什麼。我把車停在一邊，朝她走去，她轉頭看到我，對我笑了笑。那天她沒有塗紫色唇膏也沒有描粗黑眼線，一張素淨清秀的臉，看起來就是個惹人憐愛的小女生。

「妳看！」她指著路旁一叢小花，驚歎著說：「是不是好美？」

那是常見的通泉草，藍紫色的小花嬌弱可愛，確實很美，只是因為隱藏在草叢中很容易被忽略，但她看見了，並為這樣平凡的美而深深感動。而這樣的一刻也深深觸動了我。這女孩先前的酷樣只是一種偽裝，她的本質如此單純善良，就像她發現通泉草的美，我也發現了她的純良。

於是我也蹲下來，和她一起凝視著那叢小草花，彼此靜靜不發一言。然而在這一刻，我卻覺得與她心意相通。

＊

就在讀完最後一本書的那個夜晚，我闔上書頁，走到陽台上，想吹吹夜晚的風，感受一下山間的清涼。隔壁的陽台上，她正靜靜地站在那裡，雙臂撐在陽台邊緣，望著夜空，若有所思。

「晚安。」我向她打招呼。

她依然望著夜空，也不知是自言自語還是對我說話：「今天是滿月呢。」

我看向天上，一輪明月高掛空中，散發著柔和清亮的光輝。我也像她一樣將雙臂撐在陽台邊緣，一起靜靜地看月亮。

晚風清涼，黑暗中飄來桂花的幽香。在久久的沉默之後，她忽然開口：「人到底是為什麼要活著？生命的意義在哪裡？」還是那樣自言自語的口氣。

但我知道她是真的希望我能給她一個答案。我也曾經是個像她這樣年紀的少女，那時的我總是苦苦地思索生命的意義，總有些時刻，我希望有人能告訴我，人究竟為什麼要活著？多愁善感的青春其實苦悶比快樂多，對人生同時充滿了不安的期待與無處安放自己的困惑。

那麼，在經歷過人生種種悲歡離合之後，現在的我真的明白人為什麼要活著了嗎？已經可以回答人生意義這樣的大哉問了嗎？不，我無法肯定地告訴眼前這個少女生命的答案，因為生命只能自己去經歷，沒有任何一個別人可以回答生命本身的問題。

「每一個人的人生都是獨一無二的，只能自己去經歷，然後得到屬於自己的體悟。」我說：「如果妳想聽聽我的體悟，那麼我可以告訴妳的是，對我來說，已無須再去多想人究竟為什麼要活著這樣的問題，因為再怎麼想都只是腦內的活動，但生命是要去經歷的，不是想出來的。」

她沒有說話，但我知道她正專注地聽著，而且我也知道她聽得懂，這是個早慧的少女。

「妳看，就像我們眼前的這個月亮，不是昨天的月，不是明天的月，而是此刻當下，我們一起看的月亮，因此它對我們是有意義的，但妳對這個月亮的感覺與我對它的感覺還是不一樣。很久很久以後，當妳到了我這樣的年紀，想起這個夜晚，妳的記憶和我的也不會一樣。而那些感覺那些記憶，是只屬於妳的，也是獨一無二的。」

我停頓了一下，又說：「也許在那時，妳會有自己的答案，關於人為什麼要活著，關於生命有什麼意義，因為妳已經經歷過了屬於自己的人生。所以，去接受一切，去找到屬於妳自己的答案吧。只要全心全意地體驗生命中的時時刻刻，這樣就夠了。如果生命真的有意義，或許就在時時刻刻、獨一無二的經歷之中。」

她還是沒有說話，只是靜靜看著月亮。

而我想起自己那份已經離開的編輯工作，那是我一手開創，也是我親手結束的版面，這二十一年之間的種種都是獨一無二的珍貴，即使在最後因為報社政策而不得不做的結束，對我而言也是一種美好的完成，一種難得的圓滿。我全心全意去經驗過了，這樣就夠了。

在這個當下，我不再有任何感傷，只覺得對一切充滿感謝。任何發生都是好的，如果不是因為離開了工作，我又如何能在這樣有著美好月光的夜晚，感受風的清涼和桂花的幽香？

夜很深了，我想該進屋去睡了。「那麼，晚安囉。」我說。這回，她轉過頭來看我，臉上帶著微笑。「晚安。」然後她又加上一句：「謝謝。」月光下，她的眼睛亮晶晶的，閃爍著光澤。

如果不是因為隔著陽台之間的距離，我一定會給這個少女一個擁抱。

＊

既然三本書都已經讀完了，我也該回家了，但第二天我還是先到山裡去散步了一整個早上，回來之後再把屋子裡打掃了一遍，直到傍晚時分才準備離開。

就在我鎖上門的時候，隔壁的門打開了，我以為會看見那個少女，但探出頭來的是一個我從未見過的婦人。

「妳好。」我說。

「妳住這兒啊？」

「不，這是我朋友的房子，我只是借住幾天。」

「所以妳這幾天都住在這裡喔？」她急切地問：「那妳有沒有覺得哪裡怪怪的？」

「怎麼了？」

婦人皺起了眉。「我今天早上和我先生來到這裡，就覺得不太對。我們已經三個月沒來了，可是……啊我不會講，總之就是怪怪的。不是遭小偷喔，因為沒少了什麼東西，但我總覺得有人進來過……因此就想問妳一下，有沒有聽見什麼奇怪的聲音或看見什麼奇怪的人？」

我怔住了。

所以，那個少女只是借這裡的空屋暫住幾天嗎？她有家嗎？如果有，那麼她遇到了什麼事要這樣離家出走？那是難以解決的事，還是只是青春的苦悶？我說的那些話對她有幫助嗎？而現在的她又到哪裡去了呢？她是那麼年輕，她的未來將會有怎樣的經歷……

千思萬想之中，我忽然意識到婦人正在觀察我的表情，於是用一個深呼吸正住臉色，淡淡地說：「沒有，這幾天我沒有覺得任何奇怪的地方。」

驅車離開這片溫泉區之前，我在那處開滿通泉草的路邊停下來，回想起那個少女凝視著野花的樣子。無論將來如何，至少那一刻的她，我會一直記得。

但願有一天，我還能再遇到她，那時，我將給她一個深深的擁抱。

冬日傍晚，一個女人

這個冬天的傍晚十分濕冷，窗外飄著綿綿細雨，她看著外面灰沉沉的天空，再看看空蕩蕩的屋內，心想今天應該是不會有人來了，還是提早打烊吧。

但打烊後其實也沒什麼事好做，還不是一樣關在這個屋子裡，看書整書，洗碗洗衣，走來走去，一如每一天的日常。她的生活不過就是開門關門的差別，度日如年，過一年也像一天。

她環視室內，看著眼前一排排的書架，其中多的是五年仍沒有賣出去的書，就像她的人生，停滯不前。

她沒情沒緒，正準備關門，卻見一個年輕女子走進門來。這女子留著及肩的頭髮，穿了一身白衣黑裙，簡單的剪裁卻襯出非凡的質感，腕上那只價格不菲的提包更呈現了某種低調的時尚品味，另一手則提著一籃包裝精美的蘋果。這女子與她的視線接觸的那一瞬間，臉上閃過不確定的、驚異的、遲疑的表情，但猶豫半晌之後，仍向她走來。

「請問，是方老師嗎？」

她訝異地看著對方。「妳是……」

「我是江曉月，老師還記得我嗎？」

大學畢業之後，她曾經在一個女子高中教了三年的美術，眼前的這個女子想必就是她當年的學生之一。但那是太久以前的事了，此刻她的腦海中毫無印象。一時之間，她吶吶地不知該有什麼反應，對方卻把那一籃蘋果放在桌上，然後熱情地執起她的手。

「方老師，好久不見！您都好嗎？」

她好嗎？在人跡冷清的城市邊陲開著一間生意冷清的二手書店，過著人際冷清的單身女子中年生活，沒婚姻，沒子女，沒家人，也沒感情，這實在不太好。空氣裡總是有輕微的霉味，她總是覺得自己彷彿就要在孤單無聊中悄悄蒸發。她好嗎？她在心底冷哼。這不是她想要的人生，可是也這樣過了十年。

她輕咳一聲，當作模稜兩可的回答。江曉月又說起先前如何從某個同學那兒聽說方老師開了一間二手書店，自己如何在繁忙的事務中空出時間，好不容易才找到這兒。並道歉說因為不知道這裡的電話，無法事先打電話來告知，但願如此臨時的行徑沒有打擾了老師。

「只能說我太想念老師了。」江曉月依然執著她的手。「我這次回台灣，目的之一就是要來看方老師。現在看到老師身體健康，我就放心了。」

「喔，妳不住在台灣？」她隨口問著：「那是住哪兒呢？」

「我住在舊金山，但我父母家還在台北，每隔一段時間都會回來陪陪他們。」

舊金山。她的心瞬間下沉。曾經有很長一段時間，她不能聽見這個地名，否則心裡就要翻騰著幾乎令她無法承受的情緒。經過這些年，再聽到這個地名，她的心裡還是難以釋懷。

那裡本來是她的夢想之地。當年她學校都申請好了，出國手續也辦好了，甚至房子都越洋租妥了，未料母親在一夜之間中風倒下，推翻了她全部的計畫。她是家裡唯一的孩子，在那個當口，她也是父母唯一能依靠的對象。除了留下來照顧母親，陪伴父親，她別無選擇。

當初說好要一起出去的男朋友並沒有等她，逕自出國了，她不能怪他，畢竟那是他的人生，她也不願意他為了她而耽誤自己。但她心裡很清楚，這一別，恐怕就成了陌路。果然，相隔半個地球的距離，黑夜白天的顛倒，使得彼此彷彿失聯，於是這段感情很快地無疾而終，先前的相愛好似幻夢一場。多年後，聽說他已在美國落地生根，成為一名心理醫師，娶了一個日裔美籍的妻子，她心裡惘惘的，覺得有如在聽別人的故事。事實上也真的已經是別人的故事了。

至於她自己，人生彷彿一艘擱淺在暗礁上的船，整個停擺了。

整整七年的時光，從二十八歲到三十五歲，她的世界只有家裡和醫院，先是母親，然後是父親，她看著自己父母的病痛，看著醫院裡數不盡的生老病死，她的心境很難不蒼涼。縱使曾有夢想，也遠如天邊雲煙。好好地活著與好好地死去都是多麼不容易的事，她還沒有老，卻覺得自己已經艱難地活了一輩子。

先後處理了父母的後事之後，她又花了三年的時間整理那些堆滿回憶的遺物，有太多丟不掉又留不下的東西，牽牽絆絆，拉拉扯扯，每天整理了一批下決心捨棄，第二天又全部揀回來。那像是她人生的隱喻，某種徒勞無功，某種原地打轉。最後的結果是她大病一場，一個人在屋子裡躺了七天，她心想若這樣走了就算了，若病好了，她就要永遠離開這個屋子。

好轉之後，她找來回收業者，把一屋子的東西全部運走。然後她賣了老宅，從城東邊緣搬到城西邊緣，開了一間二手書店，自己就住在書店的樓上。

她的屋子像是修女所在的修道院，只維持著最簡單的生活所需。她的日子也像修女，無人可交遊，大半的時間靜默無語。如此一眨眼，五年又過了。

現在她四十三歲，是鄰居眼中那個古怪孤僻的女人，只有一屋子賣不出去的舊書作伴。

「……我在舊金山藝術大學拿到學位之後，曾經留在學校工作。我和我先生當年是一起出國的，但他學的是心理，和我讀的是不同的學校。留學生的日子其實很辛苦，還好我們熬過來了。現在我有自己的畫廊……」

她以為這是另一個平行時空的她在說話，好半晌才發現說話的是江曉月。她看著江曉月光采煥發的臉顏，心裡有著奇怪的感覺，怎麼會這樣？那應該是她的人生啊，為什麼卻由另一個人的嘴裡說出來？她的人生什麼時候被盜走了？現在這個舊書店的女店主又是誰？難道自己一輩子就只是這樣了嗎？

她從江曉月的手中抽回自己的手，但自己也覺得這樣的動作有些唐突，於是掩飾著說：「喝茶吧，我給妳泡杯茶。」

「不用不用，老師別客氣。」江曉月說：「我今天來，只是想來跟老師說聲謝謝。因為在當年，我一直很迷惘，不知道自己未來要成為什麼樣的人。但老師給了我一個榜樣。那時，您好漂亮，我還記得您總是穿著白上衣和黑裙子，一頭及肩的長髮，一雙平底鞋，走起路來好輕快，好活潑，您的臉上永遠帶著笑容。您說，年輕的時候就是要出去看世界，不要把自己關在一扇門後面，要像鳥一樣去飛，不要像青蛙一樣把自己局限在池塘……」

有嗎？她曾經有過那樣神采飛揚的時光？她怔怔地看著江曉月，忽然想起來了，當年確實有個女孩總是以仰慕的眼神望著自己。那個女孩並不是班上最有天分的學生，可是卻最認真，把她說的每句話都抄在筆記上。她請那女孩當美術小老師，每次女孩收了全班的美術作業到辦公室來拿給她的時候，都會附上一張小卡片與自製的手工花朵，上面寫著對她的傾慕與喜愛。

她想起剛才，久別重逢的江曉月乍見她的那一瞬間，臉上閃過的驚異與遲疑，那樣的眼神令她刺心，但又能如何？她早已不是當年的她了。江曉月是她教過的最後一屆學生，就是在那年，當她辦好手續準備赴美時，她的母親忽然中風，一夜之間改寫了全局，她的人生從此再也回不去。

再也回不去了嗎？她心底的疲憊瞬間泉湧，覺得自己彷彿一幢崩塌的樓房。或許是因為看見她的臉色不佳，江曉月體貼地說：「老師，您看起來累了，我也該告辭了。請好好休息，我下回再來看您。」

她並沒有挽留，但還是送到了門口，江曉月離去時擁抱了她一下，她猝不及防，只好接受了。那是個柔軟、溫暖又芳香的擁抱，那是人的溫度，她很久很久沒有感受到的溫度。不知為什麼，她的眼中瞬間蒙上淚的薄霧。

關上書店的門後，她提著那籃蘋果走上二樓，想起以前，她也曾經買過一籃蘋果，帶到那個女子高中去，讓她的學生學習素描。下課後，她把蘋果當成獎勵，分給了幾個畫得特別好的學生，其中應該就有江曉月吧？她的臉上不自覺地泛起笑意，那是很可愛的回憶。

而自己有多久沒畫畫了呢？現在還畫得出來嗎？她早已把所有的畫筆與畫作都毀棄焚燒了。找回收業者來清運的那次，她還丟掉了全部曾經得過的美術比賽獎杯。

是的，人生是回不去了，但是，過去也過去了，雖然她曾經為了照顧父母而中斷了自己的夢想，可是現在的她是自由的，雖然她沒有成為以前的自己想成為的那個人，可是未來還長，她還是可以把一些感覺、一些喜愛、一些讓她覺得美好的事物，慢慢地找回來。

至少至少，她可以讓自己快樂起來。

於是她隨手拿起一枝筆，一張紙，對著那籃蘋果，開始了久違的素描。

她的人生

她和他是相親認識的。那是她第一次也是唯一一次的相親，當時才二十歲而已，離適婚年齡還很遠，但她母親說，就早點定下來吧，免得有不三不四的人出現，壞了她的淑女名聲。她知道，母親是要讓學校裡那些追她的男同學知難而退。

她和他約會了幾次，像舉行儀式一般的，每次都是慎重地穿上媽媽為她精挑細選的小禮服，長髮梳成公主頭，等著他來接她，到昂貴的法國餐廳晚餐。他在第三次見面時親了她的額頭，從此就成了定局，兩人開始以婚姻為前提而交往。大學畢業那年，在研究所放榜之後，她與他訂了婚。她其實並不那麼確定自己還想繼續讀研究所，但他父母說，有更高的學歷，將來在婚禮上會「比較好看」。她明白，未來公婆沒說出口的意思是，那樣會與他們優秀的兒子更相襯。

他的條件確實一流，出身美國長春藤名校，目前在父親的銀行當經理，將來準備接手資產龐大的家族事業。他長得也好，修長的身材與立體的五官，再加上出眾的衣著品味，讓每個經過他身邊的女人都不禁要多看他好幾眼。而走在他身邊的人是她，那種感覺彷彿被賦予某種特權，滿足了她的虛榮。

但她愛他嗎？她不知道。在這之前，她的情感經驗是白紙一張，無從體會。朋友告訴她，愛是一種渴望和對方在一起的感覺，可是待在他身邊的時候，她最主要的感覺卻是緊張，擔心自己出錯。

而他愛她嗎？她更不知道了。他會送包裝精美的花束給她，卻不會帶她去看花；他會教她如何品嘗紅酒，卻從來沒有問過她最喜歡的食物是什麼。因為他的工作忙碌，兩人不常見面，「反正將來都要生活在一起了，要培養感情以後有的是時間。」這是他的說法。她可以感覺他對她不但沒有朝思暮想的熱情，甚至還偏向冷淡。但他若不喜歡她又為何與她訂婚？

和他在一起，很像是飄浮在雲霧之中，缺乏一種踏在土地上的堅實感。她總覺得看不清他，也覺得他看著她的時候，沒有看見真正的她，而是看見她的眼中他自己模糊的倒影。

但真正的她又是什麼樣子呢？她自己其實也不明白。從小她就在父母的規劃下長大，讀什麼學校，選什麼科系，交什麼朋友，學什麼樂器，甚至穿什麼衣服，她都沒有太多自己的意見，反正表達了也會被駁回，所以乾脆保持沉默，讓父母為她作主就好。而她也沒有讓父母失望，包括婚姻對象在內，每一項她該達成的都打勾了。這樣的人生快不快樂她也不知道，反正不要想太多，日子就很容易過。

但那天，她多想了一些。

她想為他做一餐飯，像一對尋常情侶一樣，過過平凡的小日子，也許感受會很不同。她渴望兩人之間有些改變。那麼或許給他一個驚喜，會看見他的一些真心。

他在家，看見她提了兩袋食材出現在他的家門口，臉上並沒有流露太多驚訝，只說自己正在處理明天開會要用的資料，可能沒有太多時間陪她。她一個人站在充滿高級不鏽鋼器材的冷銀色廚房裡，不知怎的，心中一陣陣發涼。

為了未來的婚姻做準備，她已在母親的安排下與某個名廚學了好一段時間的烹飪課，所以她以為做一頓飯不是問題，沒想到還是那麼手忙腳亂。事實上是，還等不到把鍋子弄熱，她就切傷了手。

「啊！」她驚叫出聲，失魂落魄地看著自己的左手食指上，那正在細細滲出血絲的傷口。

他聞聲過來，看看她慘白的臉，再看看她受傷的手，臉上還是沒有太多表情。

「還好吧？下次小心點。」說完他就離開，回去繼續處理他手邊的工作。

其實只是小傷，但她覺得那麼痛徹心扉。以後要與她在一起生活的人，怎麼對她如此冷漠呢？他的條件再好，可是卻不懂不能不肯也不願對她好，那麼他的好與她又有什麼相干呢？

他並不愛她啊。她流下淚來。

但是，她啜泣地想，但是她自己又有什麼值得被愛的理由呢？她對人生從未有過自己的主張與堅持，就像個漂亮卻虛假的洋娃娃，沒有個性，只會聽從別人的安排。真正的她應該是什麼樣子，她自己都不知道了，也難怪他看不見真正的她，對她又從何愛起？

他之所以與她訂婚，或許也不是他的意願，而是他父母的決定吧，就像這樁婚事是她父母為她決定的一樣。兩家門當戶對，結為親家後對彼此的事業都有助益，至於他和她彼此喜不喜歡愛不愛有沒有感情，並不重要。

其實他和她一樣，人生也是父母的安排。其實她和他一樣，也從未看見真正的他。真正的他是什麼樣子的，他自己也不知道吧，他對自己都如此冷漠了，又如何對她熱情？

「我們只是對方的裝飾品。」此刻，她坐在我的對面，美麗的臉上有淡淡的微笑。

但愛情也好，婚姻也好，對方的存在都應該是為了愛，而不是為了滿足虛榮。尤其婚姻，畢竟那是一生一世的事情，表面再好看，裡面卻一撕即碎，這樣的人生就像紙做的，她不要。

「直到二十四歲，我終於有這樣的醒悟。」她平靜地說，「幸好也還不晚。」

那是十年前的事了。離開他家之後，她沒有回家，而是一個人到花蓮海邊的某間民宿去住了三天三夜，「那是我第一次好好與自己獨處，好好思索自己的人生，思索我要的是什麼，不要的又是什麼。」望著潮來潮往，她心裡漸漸有了勇氣，雖然還不確定自己要的是什麼，但她很確定，她再也不要被安排的人生。

從片面取消婚約到爭取獨立自主，可想而知，這條女性自覺之路以她那樣從小被當成公主培養的家庭背景來說，是何其曲折艱辛的漫漫長路，那讓她付出了幾乎與父母決裂的代價。這其間，她不是沒有恐懼、害怕，「但我終究是走過來了。」她長嘆一聲，太多感觸盡在不言中。

現在的她一個人住，在一個郊區小學教書，養了三隻貓和一屋子的花花草草，喜歡下廚為自己做一頓清淡的飯菜，過著平凡的小日子。現在的她沒有家庭的依靠，沒有父母的庇蔭，可是，她有了自己的人生。

未來仍在遠方

有一段時日，我習慣去某家芳療館做SPA，幫我按摩的總是伶娜。伶娜清秀白淨，留著齊耳的短髮，臉上永遠有著淺淺的笑意，讓人覺得可以放心把自己交給她。

在那八十分鐘的療程裡，除了輕柔到若有似無的音樂，一切都很安靜。我是為了放鬆而來的，除了必要的告知哪裡需要加強、選什麼味道的精油之外，並不想有任何交談，而且聊天也會干擾對方的工作，所以我們並不說話。但我總是在想，人與自己的按摩師之間是多麼奇妙的關係，你在她面前褪除一切偽裝，她碰觸到的是你最深的私密，然而你們只知道彼此的名字，其他一無所知。

如此過了兩年。直到某個初夏，當療程快要結束時，因為那天我的眼睛不舒服，伶娜特別為我熱敷眼睛，她的手一邊輕輕按壓著我的額頭與太陽穴，一邊淡淡地說：

「我下個月要出國了，去魁北克。」

魁北克？我的腦海中浮現加拿大的楓葉地圖一角，那是很冷的地方啊。

「去旅行嗎？」

「不，去打工換宿，或許也會再去讀書。」

伶娜說她要去打工的地方也是一間ＳＰＡ館，網站圖片看起來很美，讓人願意在那裡長期待下來。她在那兒沒有薪水，但她準備了一筆錢，若有適合的學校，她打算去修一些與人體結構有關的學分。

「啊，所以妳要離開這裡了嗎？」我問。

「是的，我再過十天就離職了。」

「為什麼選魁北克？」

「因為我的法語比英語好，而魁北克是法語區。」

「妳會說法語？」

「嗯，我在法國讀了五年的書，唸的是機器人工程。」

伶娜接著解釋什麼是機器人工程，但那太專業，比人體結構更難理解，我沒聽懂，只是心裡頓時出現驚嘆號與問號。

「那……那妳不是應該在竹科工作嗎？」我思索了一下，在腦海裡找到那個詞彙，「妳應該是人家說的那種竹科新貴。」
「我曾經是啊！」她輕輕笑了笑。
那天我是ＳＰＡ館的最後一位客人，其他人都離開之後，我和伶娜還聊了許久。她告訴我，她學的是化工，大學畢業之後當了幾年的工程師，時間久了，漸漸渴望有些改變，於是存夠了錢就到法國去讀書。
「其實當時我一句法文都不會，之所以選擇法國，很單純的原因是那裡學費很便宜。」她又輕笑了起來。「但我後來才發現，哎，法文真的好難。可是我已經在那兒了，不能放棄。」
法國回來之後，她在一間很大的半導體公司做了一年的事，寫機器人程式，然而每天凌晨一點下班的非人生活讓她實在撐不下去，於是又離職了。
「為什麼一樣是那麼長的工時，我去法國之前可以待上幾年，從法國回來之後卻很快就不能忍受了？大概是法國讓我變得比較自我了吧。我不想把自己全部賣給工作，我需要生活，但忙碌的工作沒有生活。」
然後，抱著一半自我療癒，一半自我奉獻的心態，她到蘭嶼去當代課老師，每天看著大片的天空，大片的海洋，感覺曾經被工作麻痺的自己慢慢回到有笑有淚的狀態。她曾經想在那裡待下來，但一年後因為對教育體制的質疑，她又離開了。

回到台灣之後，她參加了職訓局的課程，然後就成為一位專業按摩師，直到今天。

我和伶娜認識兩年，卻是直到這時，對她才有了更多的了解。從工程師到按摩師，從面對電腦到面對人體，這樣的變化實在不可思議。她一直是那樣清淨秀氣的樣子，說起這一切時，也是淡淡的沒有情緒，但我想，這其中的心路歷程，必然是一言難盡的吧。

「不會想再回到科技界嗎？」我問。

她搖搖頭，「我想應該不會再回去了。我已經離開那條路了。」

「讀了那麼多年的書，不會可惜嗎？」

她還是搖搖頭，「經過這個過程，我明白自己想做的是面對人的工作。」想了想，她又補充：「是真正的人喔，不是機器人。」說著她自己都笑了。

時間已經很晚，ＳＰＡ館必須打烊。而我總覺得意猶未盡，還想再與她多聊一些，於是過了兩天，我找了一間法式餐廳，約休假的她一起喝下午茶。

那是我們第一次在ＳＰＡ館外見面，她沒有穿ＳＰＡ館裡的棉布制服，而是穿著T恤、牛仔褲和帆布鞋，提著一只帆布袋，看起來像是一個清純的女學生。聽到我這麼說，她微微一笑，說：

「噯，能當學生很好，可是我已經不年輕了。」

是啊，像她這樣年紀的女子，想要的無非是一樁安定的婚姻，或是一份安穩的工作，為什麼她卻要到那麼遙遠又寒冷的異國去，用沒有薪水的打工，來交換住宿呢？

「為什麼啊？」她雙手交握，認真思索了一下，「其實也說不出來為什麼，大概就是跟著自己的心往前走吧。我沒什麼錢，所以想用一種比較不花錢的方式去多看看這個世界。反正我也沒有什麼可損失的，想做的事就去做做看。」

她說自己過去一直是個理性思考的人，選讀理工好像也很理所當然，但她雖然擅長寫程式，卻不擅長應世，總覺得生命裡好像有一塊空白的地方一直沒打開。後來在法國那五年的生活帶給她很不一樣的衝擊，讓她知道人生並不局限於一種狀態，可以有無限選擇。

留學生活在物質上是貧窮的，但精神上卻充滿異文化的滋養，不斷打開她的心界與眼界。那時她常常買一杯咖啡，到杜麗樂公園去散步，坐在塞納河畔的椅子上曬太陽，感受那種無所事事的平靜與悠閒。「以前我是個一定要做什麼事，否則就感到不安的人，但在那段日子裡，我覺得人生即使就這樣暫停下來也無所謂，就算眼前太陽落下去，明天還是會升起，沒什麼好擔心的。」

她交了一個法國男友，在一起好幾年，對方年齡比她小了許多，但後來沒有繼續下去，因為他去澳洲工作，而她回到台灣來，遠距戀情維持不易，慢慢也就淡了，可是也還是朋友，偶爾會聯絡。

「認識他那年，我二十九歲，正是很想結婚的年齡。然而那時他還太年輕，結婚並不在他的人生選項裡。也許再過幾年，他也會想到婚姻，不過對象已不會是我了。」她還是那樣清清淡淡的語氣，「人生就是這樣啊，時間到了會遇見，時間到了又再見，都無法強求。」

「這是一種隨遇而安的人生哲學呢。」我頓了一下，又問：「但結束一切，到陌生的國度去開始未知的生活，妳不會憂慮未來嗎？」

「未來總會來的，但若未來與現在沒什麼兩樣，那有什麼可期待的？」

她轉頭望著窗外，說，「不，我不憂慮未來，我害怕的是一成不變。」

那天與伶娜走出那間法式餐廳，在街角與她擁抱道別之後，我站在綠意盎然的欖仁樹下，看著她離去的背影，直到她消失在轉角，我仍站在樹下許久，許久……然後我拿出手機，打了一通簡短的電話，和交往多年的某人分手了。

而那並不是我最後一次見到伶娜，在她去魁北克之前，我與她又見了一面。

那回我們相約到大安森林公園去野餐，我準備了咖啡，她帶了蛋糕與水果，還有鋪在草地上的墊布。那天有很舒服的風，很美的陽光，我們兩人也有很放鬆的心情。她說我會是她日後懷念台灣的一個理由，但我並沒有告訴她，其實她幫我做了一個一直想做該做，卻遲遲未做的決定。

多年之後的此時，又是欖仁樹綠葉滿枝的初夏，我想起伶娜，一個勇於離開現狀、對過去告別的女人，無論此刻的她在世界的哪個角落，我相信她都會有自由遼闊的人生旅程。

非請勿入

無論是與誰交往，她不曾讓任何人進入她的房子。

並不是她的房子髒亂得見不得人，相反的，她的房子布置得雅致舒適。只是，她覺得自己的屋子就是只屬於自己的空間，她不想與任何人分享。只要想到有人進入她的房子，攪動那個空間裡原本的靜謐，她就會感到一股說不出的焦躁與抗拒，不，她不願意讓任何人進入，即使那個人親吻過她的嘴唇也一樣。

而男人們占領了她的嘴唇，就想進駐她的房子。一開始，他們覺得她的閃躲還算有趣，以為那是一種欲拒還迎，一種調情，但漸漸地，他們發現她是認真地把他們排拒在外時，他們的熱情也就慢慢淡了，於是一段感情再度無疾而終。

然而也有因為始終不得其門而入以致動怒的，例如她的上一個交往對象。

「我和妳在一起兩年了，卻連妳家住在哪裡都不知道，妳根本沒有打算接受我……喔，妳說誰都沒去過妳家是吧？好，我更正一下，妳不是不接受我而已，而是妳誰都不接受。妳根本就是個沒辦法愛任何人的女人！」說完他即拂袖而去。

而她深感委屈，他怎麼可以這麼說呢？不過就是不喜歡別人進入自己的房子，卻被他無限上綱，說得好像她沒有愛人的能力似的！

但在內心深處，她心裡有一個聲音在悄悄地說，也許他是對的？也許自己真的有什麼問題？否則為什麼她的戀情總是無以為繼？於是她上臉書爬文，找到一個頗有口碑的心理諮商師，約了時間，想聽聽專業的說法。

那位燙著一頭浪漫長鬈髮，卻又掛著一副嚴肅黑框眼鏡的諮商師讓她想起那個演《雙面女間諜》的美國女星珍妮佛．嘉納，總之，這位珍妮佛把她安置在一張舒適的椅子裡，問了她幾個問題，又要她畫出自己的房子內部陳設以後，對著她小學生程度的畫作端詳半晌，然後以沒有情緒的專業語氣淡淡下了結論：

「房子是個人身體與心靈的延伸，妳不願意讓別人進入妳的房子，也就是阻止別人進入妳的世界，而且妳也不希望別人了解妳。這說明了妳和任何人交往都是有限的，可是有限的就不是愛情了，畢竟愛情是不顧一切地投入，而妳卻充滿防備。」

當一對男女彼此互有好感，突破那一層矜持的關鍵，往往是男人送女人回家，兩人在門口深情對望，然後女人輕輕地問，你要進來嗎？幾乎所有的愛情電影都有的這一幕，從未發生在她與任何男人之間。

實際狀況往往是，她開車到某個地方赴約，然後再獨自開車回家，她不僅是不想讓對方進入她的房子，對對方的住處亦沒有太多好奇。換句話說，她也不想進入對方的世界。她的情感設了重重柵欄，也難怪戀情總是無以為繼了。喔，不，連她的心理諮商師都專業認證，她根本不曾真正愛過誰。

這天夜裡，她在自己的房子裡走來走去，看來看去，大到一張餐桌，小到一雙筷子，都是自己買的，她不禁有些驕傲，也有些心酸。浴室裡只有她的牙刷和毛巾，衣櫥裡只有她的衣服和帽子，沒有任何其他人的物品，也沒有一點點感情的痕跡。這屋子裡一切的布置都是為了她的自在與舒適而設計的，那麼她的心是否真的也容不下別人？

「妳的房子反映了妳的潛意識。禁止別人進入，顯示了妳對自己的保護。在內心深處，妳害怕受傷，所以就以阻絕他人來將受傷的可能性減到最低。」珍妮佛（她偷偷為她的心理諮商師取的名字）是這麼說的，「這些都是妳的潛意識，而潛意識往往來自於童年的某個經驗……」

她對於挖掘童年經驗並沒有什麼興趣，知道了又怎麼樣呢？就能把她矯正過來嗎？或者說，她真的需要矯正嗎？也許知道了癥結點是出於過去的某某事件留下的心理陰影，像撥雲見日那樣恍然大悟，喔，原來我不願讓任何人進入我的屋子是因為早就被我忘記的那件事啊……接著她就會打開心門和住家大門，真心去接納某人，然後愛情就能開花結果了嗎？但她並不期待與任何人建立天長地久的關係啊，事實上，只要想到可能與某人一輩子朝夕相處，她就有一種快要呼吸不過來的窒息感。但珍妮佛又說了：

「這種窒息感是妳的心理防衛機轉，事實上，妳在潛意識裡是期待一種穩定關係的。」

「為什麼？」她張大了眼睛。

「因為妳的臥房放的是雙人床。」珍妮佛瞥了一眼她的畫作。

「可是我喜歡雙人床，只是為了大床睡起來比較舒服啊。」她抗議。

「但妳的雙人床上有兩個枕頭。」珍妮佛的嘴角微微上揚。「我說過了，房子反映了妳的潛意識。」

此刻，望著自己那張鋪著雪白床單的雙人床，還有那對軟綿綿的枕頭，她不禁長嘆了一口氣。也許她的心理諮商師說得對，她其實是期待一種穩定關係的，但期待愈多就愈害怕受傷害，因此她關上了情感的門窗，從來沒有真正去愛過一個人。她一直處在一種自己設定的恆溫狀態，就算與人交往，也沒有大起大落的情緒起伏升降，以前她以為是自己的個性冷靜，現在她懷疑可能那些都不算真的愛情。

或許是那次的心理諮商帶來了某種潛意識的鬆動，不久之後她就認識了H，第一次知道什麼是怦然心動，第一次讓一個男人送她回家，也第一次在門口輕輕說出那句話：你要進來嗎？

和H在一起，彷彿進入一個她從未去過的樂園，不只有雲霄飛車，還有旋轉木馬，她的情緒、情感和全部的注意力都跟著他起伏上下，天旋地轉。她原有的冷靜與矜持全都不知到哪裡去了，只要他對著她笑，她就覺得全世界的花都開了，但若是他皺起了眉，她的心也跟著縮成一團。她從未這樣愛一個人，不，應該是說，她到現在才懂得什麼是愛一個人。

愛一個人，你會心甘情願地把自己的主權交給他，於是他就可以左右你的情緒，對你為所欲為。她發現了一個新的自己，如此神魂不屬卻也從未如此深刻地感到自己活著。她在快樂與驚怖之間擺盪，快樂的是愛情讓眼前的一切變得鮮豔，驚怖的是一旦有一天愛情消失了怎麼辦？

但或許她不必太過擔心，因為現在她的屋子裡到處都是他的痕跡，浴室裡有他的毛巾和牙刷，衣櫥裡有他的衣服，廚房裡有他的杯子，門口擺著他的拖鞋，當他的東西在她的屋子裡愈放愈多，她就覺得兩人之間的某種黏著性愈來愈強。這些專屬於他的物品彷彿是一種愛的證明，讓她多多少少感到安心。

可是這樣並不夠，因為她的東西並沒有擺進他的房子裡去，她甚至沒到他家去過。

一個男人把一串鑰匙交給一個女人，深情款款地說，My place is your place，每當電影裡出現類似的畫面，都會讓她感到羨慕，卻也引起焦慮。她的地方是他的地方，但他的地方並不是她的地方，這樣的單向通行，顯示了這份感情的某種傾斜。

她當然提過很多次，想去看看他生活的地方，但他總是說，那不是他的家，而是他父母的房子，他不過是在他父母的房子裡暫借一個房間。

「相較之下，這裡更像我的家。有妳在的地方，就是我的家。」他將她擁入懷中。這是他息事寧人的標準動作。

但她依然堅持。「就算只是一個房間，我也想去看看。」

一個人住的地方是那個人身心的延伸，充滿線索，要真正了解一個人，就要去看他住的地方。

她複述了她的心理諮商師曾經對她說的話，並且強調：「我只是想更了解你。」

「妳可以一目瞭然。」他兩手一攤，表示自己在她面前沒有任何隱藏。

她很願意這麼相信，但真是這樣嗎？

他常常失聯，以前只是偶爾，後來愈來愈頻繁，無論她打多少次他的手機，都無人接聽。事後問起，他都說工作太忙。而當他與她在一起時，也常常是手機響起他卻不接，若對方鍥而不捨一再撥打，他就乾脆關機。

愛是信任，她告訴自己不要胡思亂想，可是心裡總是有一朵疑雲揮之不去。

漸漸地，這朵雲愈來愈大愈厚，累積的水氣愈來愈重，她也漸漸地感到愈來愈不快樂。

他是否對她隱瞞了什麼，也許住在父母的家根本是個謊言？也許他還有另一幢房子裡的另一個女人？

當臥房窗台上的那盆非洲菊開始枯萎的時候，她也開始考慮是否要結束這段感情？非洲菊的花語是「神秘」，對她來說，這場愛情有時真的就像個謎。雖然在一起也有兩年多了，可是他的某部分好似緊閉的大門，從未對她開啟。

無論門後的真相是什麼，當濃情轉淡之後，她也不想知道了。

非洲菊沒有撐過這個冬天，這場愛情也是。在一切都結束之後，她把所有他的東西全都扔進垃圾袋裡，這才想起這些東西都是當初她為他準備的。換句話說，從頭到尾，對於這幢房子，對於她，他只不過是個過客而已。

她也發現，愛情消失了並沒有以前想像的可怕，只不過是回到原來的狀態而已，她沒有失去什麼，她還是她自己。曾經那麼害怕在愛情裡受傷的她，還算平靜。

她也依然是這幢房子的主人。還會有下一個房客的，她想，不過目前她只想先獨處一段時間，好好地與自己在一起。

彼岸花

這天下午，她在後陽台晾衣服時，聽見消防車喔咿喔咿的聲音。

因為住在十八層的高樓，而且這幢大廈是附近最高的建築，所以她可以居高臨下地看著救火車一輛接一輛地在街巷之間駛過。至於它們的目的，很明顯地，是不遠處那幢正在冒著黑煙的公寓。

如此看著這一切的發生，彷彿有一種在雲端俯瞰人間的平靜，她一時有些恍然，不太確定自己該有什麼感覺。當然她希望災難可以趕快被撲滅，可是卻也覺得眼前這一幕與己無關，然後，她又為了自己竟然對他人的苦難不能夠感同身受而湧起一股帶著罪惡感的不安。

因為這樣的不安，她開始強迫自己去想像，如果失火的是自己的家……

是啊，若是那樣該怎麼辦呢？這麼高的大樓，消防車的雲梯可以發揮作用嗎？雖然家裡天花板裝了灑水器，但畢竟從來沒用過，天曉得在關鍵時刻，它們真的有效嗎？她開始憂慮了起來。

今天的衣服晾得特別久，終於把丈夫的最後一只襪子掛上衣夾時，那幢公寓的黑煙也漸漸消散，警報解除。

然而直到做晚飯的時候，她的思緒還固執地圍繞著這件事。如果發生火災，她該帶哪些東西逃生？要如何以最快的速度走下十八層樓梯？她該穿哪雙鞋子？天啊！如果那時她不巧正在洗澡怎麼辦？因為憂心忡忡的緣故，她一直心不在焉，就把魚給燒焦了。

但丈夫好像沒吃出那條魚有什麼地方不對勁。他像平常一樣在該下班回家的時候回到家來，像平常一樣換下西裝，換上寬鬆的便服，也像平常一樣一邊吃飯一邊滑手機，同時機械地把食物用筷子夾進嘴中。他的注意力都在手機螢幕裡，至於食物如何倒是無所謂，她隨便煮或是用心烹調，對他來說從來都沒差別。

「噯，我跟你說，今天這附近發生火災耶。」她試圖挑起話題。

「喔。」他連頭都沒抬，很明顯地只是在敷衍。

「所以我就在想，如果我們家也失火了怎麼辦？你不覺得很可怕嗎？一把火燒起來就什麼都沒了。」

「喔。」

「人生真的很無常……」

「喔。」

她覺得自己彷彿是在對著一堵牆發聲，說出去的話都被吸入石塊的隙縫之中，成為單音節的回音。

她和丈夫之間從什麼時候開始變成這樣的呢？像兩條失聯的電線，產生不了任何電流。一時之間，忽然一陣氣血上湧，她提高音量，激動地問：

「你有沒有想過，如果真的發生火災，我們就這樣死了怎麼辦？」

這回丈夫終於有了反應，他抬起頭來，難得地正視了她，那眼神充滿打量，好像她是什麼怪奇生物。

「想太多了吧。是不是整天待在家裡太閒了妳？」

說完，他不再理會她，又繼續低頭關注他的手機了。短暫的交談戛然結束。

晚飯過後，丈夫進入浴室準備盥洗，她則進入臥房為他準備更換的內衣褲，兩人之間沒有眼神與言語的交流，但生活竟也可以如常運行，像是鐘錶內部零件的自動運作。

然而，就在這個瞬間，彷彿某個彈簧無聲地斷裂，她忽然覺得自己無法再像平常那樣運作下去，她得離開這個屋子，離開她原來的生活軌道。現在。就是現在。

有如失火了一樣，她匆匆抓了一件外套，拎了錢包和手機，然後一刻也不能等地出了家門。大門在她身後關上的那時，浴室正響起嘩啦啦的水聲。

電梯往下，停在五樓，一個主婦模樣的女人提了一袋垃圾走進來，看樣子是要到地下室去丟垃圾。那女人平常和她在同一個市場買菜時遇見過幾次，偶爾也會聊上幾句，此刻見了她，很家常地招呼：

「這麼晚要出去啊？」

「是啊，去買包衛生紙。」她也很家常地隨口應答。

事實上，她根本沒有概念自己要去哪裡，她只知道自己無法再待在這裡。

走出大樓時，她發現下雨了，可是已經不可能再回家去拿傘，她沒有太多猶豫，冒著雨就往社區大門的方向走。幸好並不是太大的雨，用外套撐在頭上還是可以擋一擋。也幸好一出社區就來了一輛計程車。她坐上車，想也沒想就說：

「到台北車站。」

＊

深夜時分，她住進宜蘭火車站附近的一間小旅館。她選了最便宜的房型，房內陳設單調簡陋，而且還彌漫著一股輕微的霉味，然而當她躺在那張一翻身就會嘎吱嘎吱作響的單人床上時，卻有一種久違的放鬆。

她沒想到自己竟然真的這麼做了！這是她結婚十二年以來，第一次自己一個人在外面過夜。

剛結婚那兩三年，丈夫還曾經帶她到日本和東南亞去旅行過，後來兩人就再也不曾出門旅遊，連島內旅行都沒有。近十年的時間，她的生活動線像是被設定了一般，以捷運站為定點，圍繞著幾條固定的軌道，來來回回地運行，哪個市場可以買到最新鮮的魚，哪條巷子裡有修改衣服的阿姨，哪一間百貨公司正在打折出清……她的腦中內建了一張屬於自己的城市地圖，出了這個城市，就沒有其他連結。而大部分的時候，她哪兒也沒去，畢竟打掃、做飯、清理、洗燙衣服這些日復一日的家務就把主婦的時間都排滿了。

因此她的生活裡最大的出軌，不過是在下午三、四點間，還沒開始愁煩晚餐要煮些什麼之前，悄悄坐電梯到最高層，再爬一截樓梯到頂樓，站在那兒放空，吹風，看看遠方山頭的雲，如此而已。

而現在，她竟然一個人來到了宜蘭。

其實到哪裡都無妨，只要離開台北，哪裡都好，只因為在台北車站買票時，即將到站的那一班車正要前往宜蘭，因此出於一種命運當下的選擇，她就來到了這裡。

她側躺過身，看著窗外，一輪明月正好無所遮蔽地掛在那兒。她心中一凜，彷彿在瞬間照見多年前的自己。年輕時的她常常自己一個人旅行，蘭嶼、綠島、墾丁、台南……往往是想去哪裡，她背包一揹就出發，在那些夜晚，她總是往天上尋找月亮，然後心中就會感到難以言喻的平安。而現在，她竟然已經想不起來，自己有多久沒有好好看過月亮了？曾幾何時，婚姻把她變成了這樣一個閉塞的、無聊的、生活範圍狹窄的、缺乏想像力與感受能力的女人？

她的手機安靜無聲，丈夫還沒發現她不見了嗎？沒有電話，沒有LINE，沒有任何尋找她的訊息出現。想來他洗完澡，換上她為他準備好的衣褲，就鑽入書房去了，壓根沒意識到她的消失。也許直到明天早上，他發現餐桌上沒有該有的早餐時，才會開始感到異常。

身為人妻，之於那個與她共同生活了十二年的男人，她存在的意義和價值究竟是什麼啊？

當初是因為不慎懷孕，所以兩人匆匆成婚；她還辭去工作，專心在家待產，可是最後孩子沒能保住，而且造成了她永遠無法再懷孕的結果。這樣的傷痛很巨大，她心灰意冷，對於什麼事都提不起勁，也無意重返職場。丈夫說：沒關係，我養妳，妳就好好休息吧。因此她努力打起精神來做一個好主婦，很認真地盡好自己的本分，把兩人的家顧好，讓他可以好好工作，無後顧之憂。

然而也不知從什麼時候開始，她和他漸漸無話可說，往往一大早他就出門上班，晚上他回到家來，兩人之間還是一片沉默。

沒有愛，沒有性，沒有言語，沒有擁抱，沒有身與身之間的親密，沒有心與心之間的交流，這樣也算是夫妻嗎？

狀況總是兩人共同造成的，她知道自己或許要負一半的責任，因為她曾經不想面對難以承受的傷痛，本能地關閉了自己的感覺，許多時候也把他擋在心門之外，久而久之，就成為一種習慣。他對她也因此失去了耐性與興趣，以至於當她想要與他靠近時，他已反過來將她推開。

但她畢竟是個把家事打理得井井有條的妻子，他也畢竟是個每天晚上都回家吃飯的丈夫，兩人之間還是維持了表面的形式。只是，也許火災早就發生了，也許這場婚姻已經在沉默之中把所有的感情與情緒都燒毀，只徒有表面形式的骨架在撐著吧？

前幾天，她一如往常地在丈夫出門上班之後，進入他的書房打掃，卻不小心在移動電腦滑鼠時，讓沉睡的螢幕甦醒，因此她看到了在臉書Messenger裡，丈夫與某個女子之間一來一往火辣辣互相挑情的對話。她沒有細看那些私密對話，沒有追查那女子是誰，她只是平靜地把書房打掃完畢就出去了。當天晚上丈夫回來時，她也沒有詢問他那是怎麼回事。

因為她既不憤怒，也不嫉妒，她只是無感，只是木然，她連一絲絲好奇都沒有。

然而此刻，望著窗外的月亮，強烈的傷感忽然像潮水般一波波向她捲來。在什麼時候，她把自己遺失在什麼地方了呢？

她想起二十歲那年，因為聽說太魯閣的布洛灣一帶能看見彼岸花，她就不顧一切地一個人到花蓮去，只為了尋找彼岸花的身影。

彼岸花，在古經裡被稱為曼珠沙華，傳說開在進入冥界之前的忘川河畔。

她一直以為這只是一種虛擬之花，所以當在某篇報導裡看見布洛灣就有彼岸花時，她整個心弦為之震動，非要親自去看看不可，否則她無法安心做任何事。

於是，雖然期中考在即，她還是尋花去了。

然而那次她看到杜鵑，看到百合，看到許多其他的花，卻沒看到彼岸花。後來上網一查，才發現彼岸花的花期是秋天，而那時是春天，當然尋不見想見的花了。

此刻，在這個秋天，她好想念那個尋花的女孩。以前那個易感、浪漫、愛好自由的她，現在究竟到哪裡去了呢？

＊

她醒來的時候，窗外的月光已經換成了陽光。她望著陌生的室內，一時之間有些疑惑，後來才想起，啊，對了，自己昨天晚上離家出走了。

就在這時，床頭櫃上的手機響了起來，她看著來電號碼，心想，丈夫終於發現她不在了吧？她按下通話鍵，那頭傳來丈夫接近怒吼的聲音：

「妳在哪裡？」

「宜蘭。」

「宜蘭？妳到宜蘭做什麼！妳怎麼這樣一聲不響就不見人影……」

接下來是一連串失控的責備。她默默聽著，並不辯解，只覺得訝異，原來丈夫也有這樣的情緒？看來平常他也有他的壓抑。

所以不只是她需要改變，他也一樣需要。無論這場婚姻是不是還要繼續下去，許多舊有的東西都必須捨棄。她還不知道自己會做怎樣的決定，她只知道不能再回到過去的自己。

「妳說話呀！妳什麼時候回來？」丈夫的聲音聽起來充滿憤怒，「妳旁邊有人對不對？妳還要回來嗎？」

她深深呼吸，平靜地回答：「我只有自己一個人。我總會回去的，回去解決該解決的問題，但我現在要先去一個地方。」

「哪個地方？」

「只有我自己才能找到的那個地方。」

「妳在講什麼？」

「抱歉，我得走了。先這樣吧，再見。」她切斷通話。

昨夜她對著窗外的月亮說了，她要再次前往布洛灣尋找彼岸花。她渴望找回過去的自己，也必須向昨日的自己告別。至於那些關於現在和未來，那些有待理清的改變與決定，她想，在尋花的過程裡，答案也會浮現的。

真正的溫柔，
是無怨無尤

後來

那時，他是這麼對她說的：

「妳是那種可以把一整個世界扛起來的女人，如果沒有別人，妳自己一個人也可以活得好好的。但她不一樣，她沒有妳的堅強，她太柔弱，太需要被保護，真的，沒有我她是活不下去的。而妳這麼善良，她又是妳的朋友，所以一定不會忍心看著她倒下去吧？」

他說得如此理所當然，臉上毫無愧色，那樣的坦然令她一時完全說不出話來。

就像一齣最通俗的劇本，她的丈夫外遇了，對象是她原本就認識的人，她卻是最後一個知道的人。

而現在，這個男人要她讓出她原本的位置給另一個女人，理由竟然是因為她夠堅強也夠善良。

堅強又善良的女人就活該不幸嗎？

一時之間，她很想砸毀眼前能砸毀的一切，很想點一把火親手燒了她一手布置的這個家，她希望自己能大喊大叫，能用力連甩他十幾個巴掌，她恨不得自己現在就吐血昏倒在他面前，讓他看看她堅不堅強！恨不得自己能像一個潑婦一樣厲聲大罵，捶胸頓足，哭天嗆地，摔鍋摔盤，讓他看看她善不善良！

可是事實上是，她完全呆掉了，像是吉他弦斷線那樣，霎時發不出一個音符，一句話也說不出來。她和這個男人同床共枕那麼多年，從來不知道他是如此冷酷無情，他說的那些，表面上是讚揚，其實字字句句都是對她的千刀萬剮。

後來她沒有哭鬧，沒有喊叫，也沒有摔破任何一個杯子，她只是安靜地收拾了自己的衣物，拔下了手上的戒指，然後離開了那幢院子裡種植了木棉、楓香、香草植物與玫瑰的房子。

她也沒有提出任何條件就簽了字。感情變了，其他一切也都無所謂了。

遞交離婚證書的那天，兩人一前一後走出區公所門口時，他回過頭來對她一笑，輕鬆地說：「保重啊。」他看起來神采飛揚，一臉愉快。

她的喉嚨彷彿被掐住了似的，還是說不出一句話來。

他揚揚手，坐進了停在路邊的車子，車子裡的副駕座上坐著那個太柔弱等著被保護的女人，他一坐進車子裡，那女人就立刻歪了一邊的身子，帶著撒嬌的表情偎向他懷裡。

那輛車當初還是她陪他去買的，選的是他最喜歡的墨綠色，但現在原本她專屬的位子已經易主了。她深吸一口氣，低頭看著自己剛才新辦的身分證，心想，自己大概需要很長一段時間，才能習慣配偶欄的重回一片空白。

她曾經以第一名的成績自研究所畢業，但因為很快就結了婚，婚後幫著他創業，從未有過自己的工作，所以現在一切都要重新開始。過去的她是那個男人背後的女人，如今她必須自力更生，但這也給了她一個全新的機會，讓她學著從今以後為自己而活。

一個三十歲才要進入職場的女人沒有太多的選擇，逼在眼前的現實也不容許她慢慢找工作，因此她成為一個在大賣場裡的結帳員，租了一個小小的房間，小到只能擺下一張床、一個櫃子和一架衣櫥，客廳、廚房甚至洗手間都得與他人共用；她的薪水微薄，付了房租之後就所剩無幾，因此花每一分錢都得再三思量，如果多買了兩個麵包，一個月的用度就超支了。這樣的生活與她從前的日子有著天壤之別，但她禁止自己去想起從前。過去已是上輩子的事了，不能想起，一想就會掉入悲傷的漩渦，那種滅頂的感受會將她吞噬，而她沒有任何依靠，所以也沒有任何權利可以被擊倒。

常常在深夜裡，她躺在床上，累到極點卻沒有睡意，只能看著小小的窗外，那輪正好來探照她的月光，那是枯索貧乏的日子裡，唯一的溫暖與安慰。因為不想讓任何人來提起她的近況，她幾乎和所有的朋友都沒有來往。回應那些帶著窺探性質的詢問是一件令人疲憊的事，而她不願意自己生命裡的巨痛成為別人之間閒聊的話題（「哎呀，你知道那個誰誰誰嗎？以前日子過得多好，現在竟然在賣場裡幫人結帳耶！」「她也怪不得別人，誰叫她讓那個小三到她老公公司做事的？好啦，這樣的結果不是自找嗎？」），她深知對某些人來說，別人的不幸總是特別甜美，尤其是曾經被眾人豔羨的人一旦跌落，就會有更多的幸災樂禍。她畢竟有她的驕傲，不想讓任何人看見她的困頓與失意。

但她真正在意的並不是別人的閒言閒語，也不是被人看見自己憔悴的樣子，而是她不想知道任何關於她前夫的消息，為了不要讓他的訊息滲透進來，她主動斷了與大部分朋友的聯絡。

可是她畢竟還是需要傾訴，太多情緒堆積在心裡，沒有出口，那是會令人發瘋的。於是她買了一本筆記本，把心裡那些悲傷、失落、沮喪、困惑、憤怒……全都寫了下來。那本厚厚的筆記本是她的樹洞，種種無法對人訴說的秘密心事，她都對它說了。

她常常在散步的時候帶著她的筆記本，隨時記下一些心裡湧動的感覺。書寫是一種心靈的療癒，帶給她很大的幫助。她覺得自己在一點一滴慢慢地恢復。雖然過程緩慢，但她願意相信一切都在好轉的路上。

有一天，她散步過後回到租屋處，發現她的筆記本不見了，難道是被遺落在公園裡了嗎？她用飛奔的速度回到剛才散步的公園，卻見有個女人坐在她不久前坐過的長椅上，正在讀著她的筆記。見到她來，那個女人笑吟吟地說：

「不好意思啊，我本來只是想找找看裡面有沒有失主的姓名或地址之類，後來被妳寫的吸引住了，就一頁頁地看了下來。妳的文筆很好呢。不，不是文筆而已，如果沒有經歷過人生真正的況味，是寫不出這些感受的。」

她覺得自己的內心彷彿被攤在陌生人面前，感覺十分難堪，拿了筆記本就要走，那個女人卻遞來一張名片，朗聲說：

「如果妳對編劇有興趣的話，請跟我聯絡。我的直覺是，妳有這方面的天分，應該就是我一直在找的人。」

她逃也似地離開了，當天晚上臨睡前才仔細看了一下那張名片，那是個赫赫有名的編劇家的名字，難怪她見到那個女人的第一眼就覺得有些眼熟。

三天後，她打了名片上的電話。

一個月後，她搬進編劇家裡的客房，從助手做起。

一年又兩個月後，她完成了自己獨立創作的第一齣單元劇。

三年又七個月後，她開始寫下後來那部得獎的連續劇，同時付了第一期的房屋貸款。

她那時還買不起帶院子的房子，無法種植木棉與楓香樹，可是可以在陽台上種植她最喜愛的香草與玫瑰；書櫃裡擺的都是她喜歡的書，冰箱裡裝的都是她喜歡的食物，屋子裡的一切都是依照她的喜好而設計的，無須為了考慮別人的意見而擺下一套昂貴的沙發。她終於有了一幢完全屬於自己的房子，是的，她這才有了完全屬於自己的家。她在屋子裡走來走去，有一種塵埃落定的喜悅與平靜。

然後她抱著抱枕坐在落地窗前的原木地板上，望著窗外的天空，開始流淚。那是釋放的淚水，也是離開婚姻之後，她第一次哭泣。本來只是靜靜啜泣，後來漸漸地，淚流得愈來愈洶湧，啜泣得愈來愈激烈，最後她嚎啕痛哭，好似要把心裡所有的悲傷、失落、沮喪、困惑、憤怒……都傾吐而盡那樣地大哭。

她是因為哭得太累而睡著的，這一睡就睡去一天一夜，整整二十四小時。那是真正的深睡，完全無夢。醒來之後，她覺得彷彿卸下所有負累，心裡殘餘的陰影都消失了。

這天，在談完一齣新戲的案子之後，她正要離開那間咖啡館，有人揚聲喊了她的名字，她回頭一看，是過去的兩個朋友，她們也在同一間咖啡館裡聊天。

因為一時無事，也不知如何推卻，她坐了下來與兩個朋友寒暄。閒聊一陣之後，話題忽然一轉，其中一個朋友說：

「後來，他滿慘的。」

她意識到這個「他」指的是她的前夫，她愣了一下，本能地想逃避這個話題，但一時不知該說什麼，只好緘默不語。

兩個朋友一來一往，說起他的近況。說他後來很快就與那個女人再婚，婚後很快就發現她有太強烈的不安全感，因為她成為老闆娘之後的第一件事，就是要跟了他多年的秘書離開，由她來安排他所有的行程。他不能與任何一個女同事多說兩句話，否則就會引起她的警戒心，下場往往都是女同事們被離職。他也不能在下班後和朋友聚會，因為她認為那是他們兩人專屬的時間。至於工作應酬倒是可以的，但他必須帶著她一起去，那些地方通常都是有壞女人出沒的不良場所，沒有她在一旁盯著是不行的。

「這哪是人妻？根本是獄卒。」朋友之一說：「這也不是婚姻，而是服刑吧！」

「畢竟是搶來的，所以特別擔心又會被搶走。」另一個朋友接著說。

在這種狀況下，公司裡總是被她鬧得雞犬不寧，他所有的朋友亦不得不與他保持距離，也因為她時時刻刻的緊盯，往往讓他連生意都談不成。他終於受不了，與她爭吵，她就把所有的杯盤全往他身上砸；他奪門而出，到朋友家過了一夜，關上手機不理會她的連環叩，再回到家時，她已經倒在杯盤滿地狼藉的碎片裡，手腕上多了好幾道血痕。他嚇得立刻將她送醫，並且承諾永遠不會離開她。

「從此以後，只要兩人發生爭執，那個女人就拿出刀子來割腕。」朋友之一做了一個咂舌的表情。

「這已經是恐怖片了吧。」另一個朋友搖頭。

她在心裡嘆息。充滿了束縛與恐懼的關係，這是愛嗎？

「沒有我，她是活不下去的。」此刻，她想起以前他說過的話，不禁感慨。那真像是個可怕的預言。她真心為他感到難過。每個人都應該是獨立的個體，如果一個人的生命寄生在另一個人身上，那是一種太沉重的負擔。

她與那個女人其實並不是什麼朋友，只是當初她的某個遠房親戚拜託她為那個女人在他的公司裡安插一個職位，那個女人從此才與她有了關聯。所以她對對方的個性並不了解，但她想，對方心裡一定有一個很大的坑洞，才會這樣近乎病態地想要緊緊抓住一個人。

可是她也沒有更多的感覺了，畢竟對她來說，與他的那段婚姻已是有如前世一般的舊事。當她在聽著他的近況時，就像在聽著與她很遙遠的別人的故事，雖然心中充滿感嘆，卻很平靜。她雖然為他難過，但這是他自己選擇的結果，只能由他自己去承擔。

她也不恨那個女人，如果她的婚姻真的很穩定，就不是任何人可以破壞的。

過去的一切不能化為烏有，但時間可以治癒傷痛。也因為曾經到過生命的谷底，所以她才必須生出往上爬的力氣，如果那一切都沒發生，現在的她或許還只是某某人的妻子，未能成為自己可以成為的樣子。

與朋友道別，離開咖啡館之後，她走在暮色四合的街道上，想起自己很久沒有度假了，也許寫完這檔戲之後，就到哪兒去走走吧。

於是，迎著傍晚的涼風，她開始期待自己一個人的旅行。

相愛與相守的距離

我在便利商店遇見他，結帳時，他就排在我的前面。一開始，我沒有意識到那是他，直到他對店員說：「一包Marlboro。」聽到耳熟的聲音，我才發現他是天白。

天白比以前瘦了許多，鬍子沒刮，頭髮有點長，一身的T恤、破牛仔褲和夾腳拖也有點邋遢，雖然說他本來就走頹廢風，但這副模樣還是讓我暗暗吃了一驚，以前的他在頹廢中至少有型，現在看來就只是自我放棄而已。我拍拍他的肩，他回頭發現是我，給了我一個無精打采、嘴角幅度極微的微笑做為回應。

除了香菸，他還買了一盒便當，在店員幫他微波加熱的時候，我忍不住問他：「這是午餐還是晚餐？」

他聳聳肩，說：「哎，隨便啦。」

他吃著便當，而我坐在他的對面陪他。下午三點的便利商店裡，一個單身男子吃著不知是午餐還是晚餐的便當，這畫面讓我覺得有些悽愴，並且想起某齣日劇的台詞：「兩個人一起吃的才是食物，一個人吃的只是飼料。」雖然他對我的在場不見得領情，但我自己覺得有陪伴他的義務。然而看他機械性地把飯菜吞下去的樣子，真的會令人覺得那只是果腹的飼料。

和一個沉默寡言的朋友聊天並不是容易的事，尤其這個朋友還在失戀的低落之中。我小心翼翼地不提起芯芯，以免讓天白更食不下嚥。

大部分的時候，我們之間只是一片沉默。然而關於那些不能提起的，其實更以無言的重量籠罩了一切。我知道他還是愛著她的，否則也不會如此瘦削落魄了。只是人生裡有許多時候，愛與現實是難以相容的兩回事。

＊

他的個性內斂，不擅交際，靠著打工與助學貸款才讀完大學，做的是必須面對孤獨的翻譯工作；她則活潑外放，從小就是富裕家庭裡的千金小姐，現在則是時尚界裡的粉領麗人。這樣南轅北轍的兩人竟會在一起，令許多朋友都覺得不可思議。

其實一開始兩人是互相看不順眼的，他覺得她太不知人間疾苦，她則覺得他太憤世嫉俗，因此常常一言不和就爭執起來。可是既然會相互碰撞，也就會產生火花，不知從什麼時候起，她對他開始有了牽掛，他也會在一個人獨處的時候想起她。

愛情的發生是個謎，自有其神秘的路徑，就像蔦蘿一樣，再高的牆垣也會悄悄爬上來。他依然覺得她不知人間疾苦，同時卻也被她天真的孩子氣所吸引，他發現在那公主般的模樣之下，藏的其實是一顆善良的心；她還是認為他太憤世嫉俗，同時卻也欣賞他凡事自有定見、不同流合汙的態度。人們總是為了某個理由而對某個人有意見，卻也總是因為同樣一個原因而愛上這個人，這就是愛情。

愛情也總是悄悄把兩個人的世界融化為一個世界。向來孤高的他變得比較隨和，臉上的笑容變多了，而原本外向的她變得比較沉靜，當他工作的時候會陪在旁邊讀他翻譯的書。一群朋友在一起時，他的眼睛總是望向有她的方向，她則漸漸有了新的發語詞：「天白說……」

本來只穿設計師衣服的她，現在也會穿平價牛仔褲了；為了她的安全著想，他則把騎了多年的摩托車換成一輛二手車，這樣才能載著她出遊。兩人甚至開始穿起一模一樣的情侶鞋，無論是對於過去只穿名牌高跟鞋的她，還是曾經一雙夾腳拖走天涯的他，都是前所未有的事。

然而，雖然愛情改變了一些什麼，卻也有某些牢不可破的部分無法改變。

她的家庭並不打算接受他的存在，尤其是她的母親反應更是激烈，母女兩人為此大吵過許多次，這些事她都不願意對他提起，以免讓他不開心，但她畢竟不是一個會掩藏情緒的人，終究還是在他面前露了痕跡。他其實並沒有受到多大的打擊，這種狀況他心裡早就有底，她來自殷實的富商之家，而自己出身清寒，早晚要面對這種門不當戶不對的問題。

他也並不認為如她所說，她的母親是嫌貧愛富。「那都是因為她疼愛妳，不願她的掌上明珠跟著一個窮小子受苦罷了。」他持平地說。

她聽了十分不服氣。「我爸爸當年也是個窮小子啊，但她還不是嫁給了他！為什麼她可以，我就不行呢？」

他還沒回應，她又氣呼呼地接下去：「我媽媽說因為她自己以前也是吃苦耐勞的，所以才能跟著我爸爸一起胼手胝足，把整個家業打拚起來，但我從小嬌生慣養，過不了其他生活。這根本就是雙重標準！不讓我試，怎麼知道我不行？她還說貧賤夫妻百事哀，說得真不堪，天啊。」

他心情沉沉地想起從小是怎麼目睹自己的父母為了一點小錢就鬧得整個家雞犬不寧，貧賤夫妻確實是百事哀啊，她的母親並沒有說錯。她從不知道貧窮的滋味，但他卻很清楚那是什麼感覺，因此他完全不會怨怪她的家人無法接受自己。他無法想像她從公主變成灰姑娘的樣子，也但願她永遠不會變成一個對金錢斤斤計較的女人。他喜歡現在的工作，可是那真的賺不了錢，養活自己或許還可以，若要養家養孩子卻是完全不夠。

而且，他其實並不想結婚生子，他對人生沒有這樣的想像。從小在父母的爭吵甚至互毆之間長大，他對婚姻沒有任何好感，也不覺得自己會是那種可以在婚姻中帶給別人幸福的人。

可是她想要有丈夫有孩子，她認為那是人生必經之路。她三十二歲了，已經步入高齡產婦的年齡，在身旁的好友紛紛組織家庭的時候，她每參加一回別人的婚禮，對於自己未來的焦慮就增加一分。

「如果兩人不能看著同一個方向，有一個共同的未來目標，我們之間究竟要如何走下去？」

「那個目標就一定是婚姻嗎？男女之間一定要這麼窄化就是了！婚姻的本質與愛無關，而是法律認證的合意關係，我們相愛是我們的事，為何要經過法律來認定？」

「你不要詭辯！你明明知道，我要的是我們兩人一起好好過日子！」

「是啊是啊，只要兩人在一起就是好好過日子了，何必還要經過那一大套無聊的形式？」

「因為我想生個合法的孩子！合法的孩子需要婚姻關係的存在！」

「我勸妳打消這個念頭，如果生下一個像我一樣的孩子，那末日真的近了。」

在數次不愉快的爭執過後，關於「未來」的話題，成為不能提起的禁忌。但若是不能談論未來，「現在」也會漸漸被沉默籠罩。

他們心裡都知道，彼此正在失去對方。那種感覺，就像看著手中的氣球飄上天空，愈飄愈遠，卻完全無能為力。

但誰也沒有想過，兩人之間的終局，竟是那樣。

那天說好要在他住的地方煮個簡單的晚餐，所以一起到附近的超市買些青菜水果。她看到櫻桃，很自然地伸手就拿了兩盒放進購物車裡，他則看到櫻桃的價錢，眼睛大睜，一臉不可置信。他的表情落在她的眼裡，讓她有些不安，遲疑著不知是否該把櫻桃再放回架子上，但他已經推著購物車往前走，她也就沒想那麼多。

可是接下來的時間裡，她總覺得他悶悶的，讓她也煩悶了起來。

兩人沉默地吃完他做的蛋包飯，她煮的玉米湯，然後她去洗了那兩盒昂貴的櫻桃，卻整個屋子裡找不到一只適合裝櫻桃的盤子，只好把它們裝在兩個玻璃杯裡，一杯給他，一杯給自己。

「我最喜歡櫻桃了。」她覺得有必要解釋為什麼會買櫻桃的原因，「我第一次吃到櫻桃，就是九歲那年，在舊金山附近的櫻桃園。我爬到樹上一邊摘一邊吃，好新鮮，好甜美多汁，那是我最快樂的童年回憶之一。」她想讓他知道，自己對櫻桃是有感情的，所以雖然貴了一點，但吃櫻桃可以讓她連結過去的美好時光。

他當然明白她的意思，卻也連帶想起自己的童年回憶，一樣是九歲的他，別說櫻桃，連每一餐的米飯都很難正常地吃到。因為父親常常把家裡能挖出來的錢都拿去賭博，而無米可炊的母親就坐在門邊哭天搶地，並且不介意家醜成為鄰人碎嘴的閒磕牙話題……他吃了一顆櫻桃，那經過冷凍空運的過程而已經水甜全失的果肉，吃起來本來是毫無滋味的，他卻吃出了苦澀的味道。他推開面前那杯櫻桃，像是下意識地想推開那些痛苦的童年回憶。她被他的反應一震，並不知道他心裡的過程，只覺得被推開的是她自己。

但他推開了櫻桃，卻推不開自己心裡那個不快樂的孩子，他還是陷落在抑鬱的回憶裡，久久，久久……

然後他才忽然發現，她正在無聲地哭泣，哭得滿面淚痕。他驚訝地看著她，並沒有把她攬進懷裡。

「妳怎麼了？」

她定定地看著他，臉色蒼白，兩串淚珠從臉龐滾落，輕聲說：

「我們分手吧。」

*

在便利商店偶遇天白之後，隔了一個星期，我又在東區一間時尚的酒店遇見芯芯。

我和朋友約在酒店大廳見，她則談完一場公事，正要離開酒店，看見了我，就向我揮著手走來。

她長髮挽起，薄施脂粉，穿著玫瑰色的花苞裙，露出纖長白皙的小腿，整個人看起來就像一朵美麗的鮮花。即使在來來往往都是時髦人物出沒的這個時尚酒店裡，她還是顯得特別亮麗出眾。

約好的朋友隨時可能會到，我不好走開，所以就和芯芯站在大廳裡小聊了一會兒，交換一些彼此的近況。她說上個月剛從東京回來，再過兩天又要到巴黎出差，去看她一直都很期待的時裝秀；還說前些日子在朋友介紹之下認識了一個正準備創業的青年才俊，對方對她很好，各方面條件都很適合結婚，她正在考慮定下來，很可能會在下個月，她生日那天與對方訂婚。

「聽起來妳一切都好，我很為妳開心。」我由衷地說。

她依然笑著，但眼神瞬間空了。

「是啊，我一切都好，但是，」笑意慢慢從她的嘴角隱沒，「但是為什麼我的心情一直都這麼不好……」

一時之間，我不知該如何安慰她，只能握住她的手。

「都分手一年了，但我還是很想他。」她小聲地說，眼中蒙上一層淚的薄霧。

「芯芯……」

「你們有空時可以多找他聊聊嗎？他一直都很孤獨，別看他那樣，其實他也是需要朋友的。好不好？有時約他出去走走，我希望他能快樂一點。」她的臉上有著擔憂與急切，對他的關心溢於言表。看到我點頭，她才微微露出笑容。

我終究沒有告訴她前幾日遇見天白的事，如果她知道他那樣落魄瘦削，一定會很心痛的。我不想讓她更難過了。

依然相愛的兩人要舊情復燃或許很容易，但橫亙在兩人之間的問題也依然無解，而那些難以克服的現實與難以消弭的歧見，早在愛情發生之前就已經存在了。

如果一方可以消泯自我，全然臣服另一方，或許兩人可以繼續相處下去，但是沒有了自我，還是原來的那個人嗎？

這個下午，我一面與朋友喝茶，一面想著天白與芯芯，心裡有著說不出的可惜與難以言喻的悵惘。相愛是多麼不容易的事，而相守又是更艱難的另一回事。

「相愛與相守之間的距離，大概就像從太陽到月亮吧。」想著想著，我不禁自言自語了起來。

朋友困惑地看著我。「妳說什麼？」

「喔，沒事。」我回了神，下意識地叉起蛋糕上的櫻桃，卻沒有吃下它的慾望。久久，終於還是把那顆櫻桃放到了一旁。

時光何須倒流

如果時光倒流，讓你有機會回到過去，改變某個一直讓你耿耿於懷的遺憾，你會想要回到生命中的哪個時刻呢？

亞莎提出這個問題，卻並不等我回答，就說了她自己準備好的答案：

「我曾經想過不只一回：如果可以回到決定和李達烈離婚的那一天就好了！」她的雙手在胸前畫十字：「我想，如果上帝給我這樣的機會，我會用力甩他一巴掌。」

亞莎和李達烈戀愛十年才結婚，卻幾乎是度完蜜月就離婚了。她辦完手續才通知諸親友，理由是因為彼此都不適應婚姻生活，但那只是檯面上的說詞。真正的原因是，在那趟乘坐公主號郵輪橫渡地中海的蜜月裡，李達烈就出軌了，對象則是隔壁艙房的外國女人。

身為亞莎多年的閨蜜，我了解她檯面上的說法是為了給李達烈留面子，畢竟那是她愛了多年的男人，就算兩人之間結束了，她也不願他被眾人唾棄指責，所以才以雙方都不能適應婚姻來平攤離婚的責任。另一方面，被她撞見的那個畫面委實太難堪，她不願再仔細回想，所以寧可保留，以免旁人追問。

其實在婚前的那十年裡，李達烈就不斷地拈花惹草，亞莎也不斷地原諒他，連她自己都自嘲是執迷不悟。「簡直就像某種業障。」她說。我明白一個人對另一個人的執著從來都是非理性的，所以也不好對她心愛的人多加批判，只能在每回她被李達烈傷透心時陪伴她，聽她訴苦，然後提醒她要愛自己。

錯愛一個人，有時很像信仰邪教，可能在心靈深處，你覺得有某種不安，覺得這個組織不可信任，但因為已經陸續投入了許多時間、心力，甚至金錢，以經濟學來說，就是投入了所謂的「沉沒成本」，付出的一切彷彿丟進水裡，得到的只有被水吞沒的一聲「啵」，你心知肚明，所有投入的都是枉費，卻不甘心也不願相信自己被騙了，於是只好繼續信仰下去，這就是邪教可以存在的原因。不對等的愛情也是如此，付出愈多愈難放手，明明知道對方不可信任，明明心裡無法對這段感情有安全感，卻寧可自欺欺人，沉沒到底。亞莎那些年的狀況就是如此。

一個男人就算再讓人喜歡，但他若無法對一個女人專情一致，就不是值得信靠的伴侶。理智上亞莎明白這個道理，感情上卻是另一回事。每一次事發之後，她都會收到花店送來的一片花海，以及花海中那個男人花言巧語的道歉。送花道歉這種行為雖然俗套，可是真的有效，每次亞莎總是因為那些花而心軟，然後就原諒了一切。

她以為她的寬容大度會感化李達烈，也相信聖經裡說的，「凡事包容，凡事相信，凡事盼望，凡事忍耐，愛是永不止息。」她總是把這段話像唸咒一樣地掛在嘴邊，彷彿某種自我催眠。

但蜜月裡的出軌事件成為壓垮一切的那根稻草，讓亞莎再也無法包容，無法相信，無法盼望，無法忍耐。她原以為婚姻可以收伏李達烈，沒想到他卻在應該是兩人最甜蜜的時刻背叛了她。

「以前每次他與別的女人勾搭，我雖然傷心，可是都覺得那是因為我們之間的感情不穩，或許我也有需要自我反省的地方。可是有了婚姻是不一樣的，婚姻是一種承諾，不只有情感，還有責任。」更何況那是蜜月！對方只不過是在甲板上曬太陽的陌生女人！亞莎終於對自己承認，自己不是聖母瑪利亞，這回已經無法原諒。

感情一直都在出軌狀態的人有問題，但像聖母瑪利亞一樣永遠都會原諒對方的人是不是問題更大？習慣於自我反省的亞莎雖然決定放生李達烈，可是在那一瞬間，她檢討的對象不是他，而是自己，她覺得是因為自己太容易原諒，才造成李達烈的有恃無恐，反正他再怎麼荒唐，她都可以過得去。其實她根本過不去，其實每回的發生都讓她難受至極，她卻對他藏起真正的情緒。她覺得是自己的虛偽反噬了自己。

因此，在那最後的一刻，她對他完全沒有一句責備，只是用一種平靜的態度對他說：對不起，我想我們之間是走不下去了。

然而她的平靜完全是假的，是掩藏了憤怒、傷痛、驚駭、羞辱……種種複雜情緒之後的假象。

那其實是一種創傷症候群，是事發當下的極度自我壓抑。亞莎向來優雅，即使在這種時刻，不，尤其是這種時刻，她也要努力維持她的優雅，畢竟那是她的十年感情啊，她希望自己留給對方最後的印象是美好的，有尊嚴的，令他懷念的。

但壓抑的情緒必然會爆發，那些憤怒、傷痛、驚駭、羞辱……終於在日後潰堤了，亞莎回想起那個決定離開的當下，自己不但沒有一句責備，反而還對李達烈說了對不起，就覺得萬箭穿心。

「我真正對不起的人是我自己呀！我為什麼沒有把我真正的感受表現出來呢？我和那個人已經沒有以後了，為什麼還在乎自己給他什麼最後的印象？我該狠狠甩他一巴掌的啊！」

那未擊出的一掌像一股沉沉的惡氣，在亞莎的內在反覆循環，日積月累，一直沒有出口，一直無法散去。於是她開始重複做同一個夢，夢裡都是她揚起手，對著李達烈揮過去，他有時以本人出現，有時化身為一隻蚊子，有時又變成一片牆壁，但她知道那都是他，而她揮過去的那一掌，雖然是在夢中，卻好像真的可以釋放不少負面的能量，讓她在醒來的那一刻神清氣爽。

亞莎一直是個平和溫柔的人，卻遺憾著未能在撞見李達烈最後一次出軌的那一刻對他揮去這一掌，我大概可以明白她的感受，她遺憾的是沒有把她真正的感覺傳達出來，也沒有在那個關鍵時刻面對真實的自己。那一刻過去了就不會再回來，但造成的內傷卻讓她花了十年仍無法撫平自己。

或許她真正憤怒的不是李達烈，而是不斷受到傷害卻還不斷自我催眠沒關係的自己。

「至少在那個當下，妳可以那麼冷靜而且果斷地決定一切到此為止。」我說：「妳做到當時所能做到的最好，這樣就好了。」

我們坐在東區一間法式餐廳裡，餐盤已經撤了下去，現在是咖啡時間。亞莎一面把一小壺牛奶倒入面前的咖啡杯裡，一面幽幽說道：「先前和李達烈交往十年，我就花了十年的時間才看清楚自己的處境，後來和他離婚五年，我又花了五年才接受自己真正的情緒。唉，我的領悟總是太晚，我應該在李達烈第一次不忠時就結束那段感情的。」

「也是因為那時妳愛他，才會願意不斷地給他機會。」

「愛一個人簡直像著魔一樣，我當時竟然可以那樣容忍，現在回想起來真的好不可思議。那會不會是對自己的缺乏自信？」

「怎麼說？」

「因為覺得碰到一個喜歡的人不容易，也擔心離開了這個人，下一個人不知道在哪裡。表面上我是包容著他，實際上或許是我自己太害怕孤單，總覺得身旁有個人可以煩心，總比面對一個人的寂寞來得好。」她停頓了一下，又說：「可是啊，離婚這五年來，我一直都是自己一個人，卻並不覺得有什麼欠缺。沒有了感情的羈絆與煩惱，反而自由。所以，說不定我要感謝他，讓我看清這一點。」

亞莎一直是公認的美人，我還是第一次知道原來過去的她對自己如此沒有自信。不過想想也是的，自信這種素質是隨著年齡和閱歷而漸漸累積的，太年輕的時候總是很難相信自己可以單獨面對全世界。

「雖然一個人也很好，但妳想過再開始下一段感情嗎？」我提起了幾個名字，據我所知，那都是對她有好感的人。

亞莎邊聽我數著那些人名，邊搖頭輕笑。「我不知道曖，為什麼還要再開始下一段感情，然後再擔心他隨時會出軌？我好不容易才游上岸來，何必再跳進那片汪洋？」

這些年來，亞莎從一個把愛情放在第一位的女孩，變成一個什麼事都自己做自己扛自己面對自己處理的女人，連要住院開刀都自己開車去醫院辦住院手續，直到開刀結束才打電話給家人朋友報平安。單身的女人很難有公主病，就算曾經有，也會被不得不堅強的單身生活治癒。

「也許是因為，妳需要再度學習信任，需要在一段新的關係裡再度相信愛的可能。」我說：「亞莎，妳心裡是有傷的，否則也不會那麼想甩李達烈一巴掌了。但妳心裡的傷不會因為真的甩出那一掌得到平復，而是當妳完全放下過去那一段之後，才會有真正的海闊天空。」

「我需要一段新的關係來讓我再度相信愛的可能嗎？」她啜著咖啡，像是回應我，又像是自言自語：「或許李達烈真的傷害了我對愛的信任感，讓我對下一段感情卻步吧。但另一方面，也是因為我一直沒遇到我覺得可以開始下一段感情的人啊。」

「這是互為因果的。說不定當妳可以完全放下之後，那個人就出現了。」

「是嗎？」她停頓了一下：「我想，可能要真正遇到之後，我才能確定自己對於一段新的情感或關係，還會有多少期待吧。至於現在，我覺得一個人的日子其實沒有不好。」她望向窗外，若有所思：「也許我該去旅行了，離開原來的生活軌道，好好想想這個問題。」

這間餐廳有很好的窗景，如果是白天的話，坐在二樓的我們正好可以平視路邊一排在秋日轉為紅葉的行道樹。但這是夜晚，看見的只是窗上自己的倒影。

「但妳說得對，如果我一直覺得沒有給李達烈一巴掌是個遺憾，就表示過去的陰影還在。」她對自己窗上的倒影笑了笑：「嗯，是該放下的時候了。」

她把喝了一半的咖啡放回杯碟裡，然後打開包包，拿出一張明信片遞給我。「今天收到的。」她說。

我接過明信片，海邊層層疊疊的白屋一看即知是希臘風景，背面字跡潦草，但還辨認得出來。

「莎莎：希臘的天空真的好藍，而我就要再婚了。我需要前妻的祝福才能安心進入下一段婚姻，所以祝福我吧。」後面的署名是個認不出的英文草書，大概是李達烈的英文名字。

「出門時在信箱看見這張明信片的時候，我好震驚，畢竟我和李達烈簽完離婚證書之後就沒再聯絡過，沒想到再收到他的訊息時，竟然是他要再婚的消息。當下我覺得……什麼啊，原來在這段時間裡，他不但有了新的關係，而且還要進入下一個人生階段了。既然他都已經放下過去那一段，我又何必對往事耿耿於懷呢？」

「妳會祝福他嗎？」

亞莎偏頭想了想，說：「會吧，我也希望他過得好。但願這回，他可以好好珍惜他身邊的人。」

「那麼，如果時光倒流，妳還會想給他一巴掌嗎？」

她搖搖頭，嫣然一笑。「時光怎麼可能倒流呢？我們只能往前走。」然後，她撐著下巴，看向窗外，臉上有著如釋重負的表情：「那就去京都吧！現在正是楓葉最美的時候呢。」

正如流水不會回頭，時光也不可能倒流，原諒自己過去所犯的錯誤，也原諒曾經錯待自己的人，人生才能沒有負累地繼續往前走。在這個當下，我心中的某處也鬆開了，於是，我也望著窗外，開始想像京都美麗的紅葉。

一切到此為止

在張愛玲著名的短篇小說〈紅玫瑰與白玫瑰〉裡，塑造了一個自私男人的代表佟振保，他住在好友王士洪的家裡，卻搭上了好友的嬌妻嬌蕊，他只是一時的情不自禁，誰知她卻對他真正動了心，還寫信給自己的丈夫坦承與佟振保之間的一切。

佟振保知道嬌蕊掀開這不能說的秘密之後，頓時五雷轟頂，心急得生了病，甚至住進了醫院。嬌蕊來看他，抱著他哭，哭到花容失色又肝腸寸斷，而他只想擺脫她，所說的那段話完全呈現了一個自私的男人是如何只顧自己：

「嬌蕊，妳要是愛我的，就不能不替我著想。我不能叫我母親傷心，她的看法與我們不同，但是我們不能不顧到她，她就只依靠我一個人。社會上是決不肯原諒我的——士洪到底是我的朋友。我們愛的只能是朋友的愛。以前是我的錯，我對不起妳。可是現在，不告訴我就寫信告訴他，都是妳的錯了。嬌蕊，妳看怎樣，等他來了，妳就說是同他鬧著玩的，不過是哄他早點回來，他肯相信的，如果他願意相信。」

從這段話裡，可以看出佟振保的人格特質，責任讓別人去擔，只要他單方面劃清了界限，自己就可以安心脫身了。

但我要說的不是佟振保，而是嬌蕊。張愛玲是如此形容她當下的反應：

「嬌蕊抬起紅腫的臉來，定睛看著他，飛快地一下，她已經站直了身子，好像很詫異剛才怎麼會弄到這步田地。她找到她的皮包，取出小鏡子，側著頭左右一照，草草把頭髮往後掠兩下，用手帕擦眼睛，擤鼻子，正眼都不朝他看，就此走了。」

或許我要說的也不是嬌蕊，而是要藉用〈紅玫瑰與白玫瑰〉裡的這一段來言說生命裡的某個時刻，就像嬌蕊當下的反應一樣，你忽然有如頓悟，知道和某人之間瞬間結束了，於是你「正眼都不朝他看，就此走了」。

＊

我的朋友曉言經歷過那頓悟般的一刻，那是在一個杯子朝她飛來的那個瞬間。

丟杯的是她當時交往了七年的那個男人，七年的時間足夠讓她把一個男人看清楚，曾經有過的甜蜜憧憬也幻滅得差不多了，但也就是因為畢竟七年了，幾次想分手都還是下不了真正的決心，然而，一次激烈的爭吵之中，他在暴怒之下朝她扔來的那個杯子幫她做了決定。

「當時那個瞬間，就好像電影畫面的慢動作一樣，周圍的一切都靜止了。他的怒吼聲我也聽不見了，只有那個杯子朝我緩緩飛來，而我竟然覺得十分平靜，內在焦距無比清晰，好像五感昇華，身心靈忽然統合了。所有曾經的矛盾、掙扎、反覆、猶豫在那個當下全部消失；我聽見自己心裡有個好清楚的聲音說，嗯，該走了，然後我頭一偏，躲過了那個杯子。它砸在我身後的牆上，變成了碎片，就像我對他的感情一樣，頓時灰飛煙滅。」

施暴的開始，也是情感的結束，一個飛過來的杯子不只是一個杯子，還代表了一個男人的暴力與殘酷，無論在此之前與他有過什麼，在此之後絕對是什麼都沒了。一段感情就此結束了。

*

青寧知道「一切到此為止」的那個瞬間，則是在前未婚夫家的廚房裡。

那天也忘了是為了什麼名目，前未婚夫家裡有個家族聚會，她的前準婆婆要求，不，命令青寧也來參加。青寧想這也是前準婆婆的一番好意，讓自己先熟悉那群稱謂複雜的夫家親戚，於是她去了。誰知一到就淹沒在一堆青菜魚蝦豬牛羊肉裡，原來這是前準婆婆給青寧的臨時測驗，看她是不是能隨時變出滿漢全席，餵飽一堆人，畢竟青寧的前未婚夫將來可是要繼承龐大家業王國的嫡長子，他的妻子沒有隨機應變的廚房功力怎麼行。

青寧要做出那一桌菜其實沒問題，她本來就喜歡烹飪，平時最大的興趣就是研發創意料理，問題是她對這樣的臨時測驗感到屈辱。她的前準婆婆一直以來就覺得這樁婚約是她高攀了，對她的態度總有著以上對下的頤指氣使。在前準婆婆的心目中，青寧的地位和家裡的外傭差不多。以前青寧都忍下來了，但在這個當下，她知道更多的忍耐只會讓自己在小媳婦的位置上踩得更深。

然而青寧真正在意的其實並不是這位前準婆婆，而是她的未婚夫，畢竟將來要共度一生的人是他。他可以預先告訴她有這個測試的，但他沒說；就算他事先不知道好了，那麼現在也應該到廚房幫她的忙，或是給她幾句溫暖的鼓勵也好，而不是一副事不關己的樣子。

青寧在廚房這頭，遙遙望著客廳那頭，他正悠閒地坐在沙發裡，一邊滑著手機，一邊和眾人閒聊，看起來十分怡然自得。就是在這個當下，青寧忽然感到一陣惡寒，她想，喔，不，我不願為這個人做一輩子的飯。

「他把我一個人放在廚房裡，讓我一個人去面對另一個女人給我的考驗，顯然那就是我婚後的寫照，如果我會和他結婚的話。但我為什麼要和這樣的人結婚？」

要和一個人一生一世在一起吃飯，甚至一生一世為這個人做飯，那是多麼大的一件事，如果不是因為兩人深深相愛，根本不可能啊。在那個瞬間，青寧很清楚地知道，與其為一個不能珍惜自己的人做一輩子的飯，她寧可一輩子自己一個人吃飯。

青寧還是做完了那頓飯，而且做得很好，贏得在場一片讚美，連她的前準婆婆都沒有嫌棄。但是當天夜裡她就把訂婚戒指退下來還給了那個男人，從此也沒再見過他。放棄進入豪門的機會，她一點也不覺得可惜，不快樂的山珍海味比不上快樂的粗茶淡飯。

*

芷若則是在一個人旅行的途中，看清了自己真正想要的是什麼。

那個時候，她正陷入徬徨，在一段三角關係裡拉扯，不知該何去何從。

也不知道為什麼，她總是會遇到這種狀況，總是在與一個男人交往一段時間之後，總是在她以為可以和對方好好走下去之後，忽然才發現，原來她心目中的良人還有另一個女人。

每次她都會質問、哭泣、發狂，要對方在她和另一個女人之間選擇，把日子過得痛苦不堪，可是這次，她只想一個人去旅行。

她到了遙遠的加拿大，在大雪冰封的愛麗絲湖湖畔，望著眼前寧靜純白的無盡雪色，心裡某個糾結瞬間打開了。

如果她可以一個人走在世界的邊緣，為什麼還要陷溺在情感的流沙裡？

陷溺其實不是因為愛，而是因為恐懼，她害怕放手之後的寂寞，但還有什麼比拉扯在一段三角關係裡更寂寞的？

也不必再要那個男人在自己和另一個女人之間做選擇，何必給他這樣的選擇權？決定的權利應該在她自己，怎麼會在別人手上呢？

而當下她只有一個決定，就是把自己的力量找回來。

「為什麼我會一再遇到花心的愛情對象，答案其實清清楚楚，因為我總是帶著傷離開一段關係，再帶著傷開始下一段感情，因為生命功課沒做好，所以同樣的事也就一再發生，要我重做沒完成的功課。」

而在這個當下，當她把一切看清楚的時候，她心中沒有痛苦悲傷，只有白雪一般的平靜。

「為什麼會覺得受傷，也是因為自己給予對方傷害自己的權利吧。如果我自己不覺得受傷，又有誰真能傷害得了我？」

也真的沒什麼好受傷的，她說，不過是離開一段不愉快的關係，「我其實沒有失去什麼，反而是得到一個經驗。」

*

時間裡藏著開關，往往在某個時刻，你會忽然知道，夠了，這就是盡頭了，無以為繼了，到此為止了，那個人已經與自己完全不相干了，從此你與他之間的一切都關上了，再沒有後來了。

這就是結束了。永遠結束。你不會再多想什麼，也不會有多餘的情緒。

小蘋那「關上的一刻」，是一個福至心靈的意念。

那時因為失戀，她整日以淚洗面，卻在某個瞬間，一個想法浮現她的腦海：

「這樣哭下去，眼睛就要哭壞了。到底是我明亮的雙眸重要，還是會為了另一個女人而離開我的人重要？」

是啊，到底是自己重要，還是別人重要？

有了這樣的頓悟，於是所有的自我折磨剎那間停止，像是一把剪刀喀嚓一聲剪斷了所有的糾結纏繞。像是烏雲散開，陽光從天空散射下來。

於是你所有的關注都回到自己身上來，心裡清風明月，乾坤朗朗，知道和某個人的關係到此為止，而愛自己的道路卻從此開始。

他愛的人和愛他的人

我的朋友M是個會讓女人喜歡的男人，但他只愛男人。

其實我也喜歡M，就像喜歡其他許多這個圈子的朋友一樣，他們通常心思細膩，比一般男人善解人意，又沒有某些女人有的小心眼。而且和他們在一起，我永遠不必擔心友情會變質，所以總是可以暢所欲言。最棒的是，因為他們了解男性心理，所以每當我遇到感情困擾的時候，與他們聊聊往往可以得到最有效的意見。

也因此，這些年來，M對我的情感經歷一清二楚，相對來說，我對他的所有故事也如數家珍。我們是彼此的愛情諮詢顧問。

這天他約我見面，我們去他常去的Gay Bar，那是一個位在城市隱密角落，沒有招牌，外觀也看不出是一家店的地方，除非熟人帶領不得其門而入。這地方不大，有點像日劇「深夜食堂」那樣的場所，圍成一個ㄇ字型的吧台，大家坐在高腳椅上喝酒、閒聊、唱卡拉OK，氣氛其實很溫馨；店主

David也有點像「深夜食堂」的小林薰，有一種看破世事的滄桑大叔氣質，內斂沉靜。我和M來過幾次，雖然這回又是全場只有我一個女人，總感覺有些異族入侵似的，但大家對我都十分Nice，維持著友善與禮貌的距離。

M才剛坐下十分鐘就連唱了兩首歌，張信哲的〈愛如潮水〉和〈不要對他說〉，都是失戀的經典情歌，很符合他此刻的心情。唱完之後，大家都給了他熱烈的掌聲，許多人對他舉杯，還有人過來給了他一個擁抱，安慰盡在不言中。「他們都知道阿德離開我了。」M苦笑著對我說：「因為有人看見在另一間Bar裡，阿德和別人在一起。」

阿德是M前些日子交往的對象，M曾經給我看過照片，長得有點像韓星宋承憲。就像M過去的幾段戀情一樣，他對阿德也是全心全意的，希望這就是一輩子的感情。其實我所認識的這圈子裡的幾個朋友都是如此，他們要的和異性戀一樣，也是一對一的長久關係，然而總是事與願違。M一直在情感的世界裡飄飄蕩蕩，無法真正安定下來。感情這件事就是這麼回事，不管是同性還是異性的愛情，總是曲折的多，平順的少，尤其M想在一段情感裡穩定下來更不容易，因為他還有一個法律上的妻子，小媛。

小媛與M從高中時代就認識了，小M一屆的她一開始就明顯地流露出對他的愛慕之意，M當時還不太明白自己的性向，但他很清楚自己對她沒有任何動心，只覺得這個學妹很可愛但有點煩。後來M在大一的時候確認了自己愛的是男人，也狠狠經歷了生平第一次失戀之後，他坦言告訴一直追隨在他身後、從來不肯放棄的小媛，他這輩子是無法愛上任何一個女人的，要她對他死心。但小媛說：

「你不愛我沒關係，讓我愛你就好了。如果以後你需要一個妻子來做為給父母的交代，請你一定要找我，讓我可以陪在你身旁。」

M不置可否，他心想，這應該只是一個年輕女孩的傻話，再過一段時間，等她再長大一些，她就會知道自己有多傻了。但幾年下來，M已在情海中翻覆不知多少次，小媛卻始終沒有接受過任何人的追求。「我沒辦法喜歡別人，」她對M說：「因為我已經先喜歡你了。」

坦白說，我覺得這已接近一種偏執，對於一個過去沒在意過自己、現在也不願回應自己的情感、未來還是沒可能愛上自己的人，如此癡心守候，究竟為的是什麼？或許沒為什麼，或許她真的不求他什麼，只要這世界上有M這個人的存在，她就滿足了。然而一個女人有幾年青春可以蹉跎？眼看著小媛就要芳華虛度，M心裡是有壓力與歉意的，於是就在他三十歲那年，他真的娶了小媛。

婚禮上，小媛看起來恬靜而幸福，M的父母則笑得開懷，顯然對這個媳婦很滿意。M家保守且傳統，只要父母還在，他是不可能出櫃的，但幸好他還有個哥哥，所以少了幾分傳宗接代的壓力。

婚後的M對小媛盡可能地好，但再怎麼好，那裡面也沒有愛情的成分，更別說性了。他們從一開始就是分房睡，而且他在婚前也曾對她坦言，就算結婚，他還是不會放棄追求自己的感情生活，若她不能接受而想離開，他隨時會簽字，並把全部的財產都歸她。

我聽過不少女人說喜歡某某男明星，而且一點也不介意他們的性向，「不愛女人最好，這樣就永遠沒有別的女人可以得到他。」但若是真有機會和自己愛慕的男人在一起生活，卻永遠不可能拉近彼此情感上的距離時，那當中的煎熬、失落與痛苦委實是令人難以想像的。然而M與小媛的婚姻也這麼多年過去了，她沒有怨言，更沒有離開。這真的是一種偏執，但愛情本來就是一種偏執。這個世界上有這麼多人，你偏偏只想對一個人好，只願意陪在一個人的身旁，不管那個人愛不愛你，你對他就是放不下，這不是偏執是什麼？

有人唱起林憶蓮的〈傷痕〉：「夜已深，還有什麼人，讓你這樣醒著數傷痕？為何臨睡前會想要留一盞燈，你若不說，我就不問……」我想著此刻的小媛或許還在悄悄為M等門，不禁嘆了一口氣，說：

「你有沒有想過，你這一生真正愛你的那個人，或許只有小媛？」

M也嘆了一口氣，回答：

「我當然知道，這輩子大概沒有其他人能像她這樣愛我了。我也喜歡她，但……」

他沒再說下去，然而我懂他沒說完的，但喜歡不是愛，但再多的喜歡也不會變成愛，這是永遠沒辦法的事。

於是我心裡漸漸淌出水意盎然的寂寞，不自覺地跟著唱了起來：「……若愛得深，會不能平衡，為情困，磨折了靈魂……」

鳥籠裡的妻子

我初識她的時候，她剛剛嫁給那個男人。那時的她年輕貌美，身材高䠷，與她矮小的新婚夫婿站在一起，有一種強烈的違和感，畢竟女人比男人高一個頭的搭配不常見。而且兩人的氣質也有很大的落差，她是個充滿都會感的時髦女郎，他則帶著幾分鄉土氣息。再說，他看起來至少比她多了二十歲。

為什麼這樣一個女人，會把自己的終身繫在那樣一個男人身上呢？我一直不解，可是又不好多問。直到某天她請我到她家喝下午茶，我才懂了。原來這個矮小、土氣、貌不驚人的男人，是個買得起安和路的豪宅、財力雄厚的富商。

那天我與她坐在有女僕穿梭的餐廳裡，一杯咖啡尚未喝完，就聽她至少接起手機三、四次，而她說的總是同樣一句：「我沒出門，我在家。」她的語氣一次比一次更不耐煩，後面又補上一句：「不信你問阿霞。」阿霞是她家的女僕。

可能是看見我關心的眼光，她皺眉解釋：「我先生非常疑神疑鬼，總是以為我會趁他不在時偷溜出門去交男朋友，所以一天到晚打電話來查勤，煩死人了。」

我點點頭，心想，面對年輕貌美的妻子，這個男人充滿不安全感也是正常的吧？

但我後來發現，我錯了。

那段期間，也許是為了透氣，她常約我一起去逛街喝咖啡，做一些女人之間的小消遣，而每隔不到十分鐘，她就會接到她先生的查勤電話。頻率之密集，別說她厭煩，我也覺得太誇張了。這個男人會不會有點病態？這麼不放心自己的妻子，這不僅不正常，根本已到了恐怖的程度。

這不是愛，而是掌控。掌控裡是沒有愛的。因為愛的本質是接納、自由與放鬆，而掌控卻是不信任、不放手導致的緊繃。

他那輛銀色的凱迪拉克，總是在我與她的聚會結束時出現，若不是緩緩行駛在我和她道別的路口，就是靜靜停在我們聚會的咖啡廳前。車窗貼著深色隔熱紙，完全看不見裡面的人。但我知道他就在那裡，跟蹤著監控著他的妻子。這是什麼樣的婚姻啊？從此看見銀色的凱迪拉克，我就會有一種毛骨悚然的感覺。

一個時時刻刻要掌握妻子行蹤的男人究竟在想什麼？而為了富裕優渥的生活結婚的女人，真的得到她要的幸福了嗎？

後來我與她漸漸斷了聯絡，這一隔就是七、八年。

有一天，我又接到了她的電話，她說好久不見，一起吃晚餐吧。

當我走進那家東區的時髦酒店，侍者領著我去到她所訂的餐桌前，看見她的那一瞬間，我驚訝地發現，她已經失去了當年的美貌，發胖加上完全不打扮，使得年紀其實並沒有多大的她看起來竟然已有老態。不僅是外表，她甚至連個性和氣質都變了，過去那個活潑的都會女郎，變成了疲憊又認命的鄰家歐巴桑。

那頓飯我吃得好難過，一來她的變化讓我怵目驚心，二來過去那種令人不舒服的壓迫感又回來了。只見坐在我對面的她每隔一段時間就要接起手機，用一種機械的報告似的聲音說：「對，我在艾美寒舍和朋友吃飯，出門前跟你說過了。」

經過了這麼多年，她的樣子已經完全改變，現在這個女人若與丈夫站在一起，應該不會再有任何違和感。但那個男人對自己妻子的不放心與掌控，顯然是依然如故。

「這些年，妳過得好嗎？」當我問出這句話的時候，其實早已知道答案了。

她苦笑地看著我，幽幽地說：「鳥籠裡的人生，怎麼可能好呢？我以為我放棄外表，讓自己變老，變胖，我先生就會對我放心，但是……」她沒再說下去，但那份欲言又止，已把一切說盡了。

用完晚餐，走出餐廳時，又見那輛銀色的凱迪拉克靜靜地停在門前。她對我揮揮手，打開車門坐了進去。在車門開合的瞬間，我依稀看見駕駛座上那團沉沉的黑影，與其說那是一個人，不如說更像一股令人窒息的壓力。我又感到那股說不出的毛骨悚然。車門很快關上，絕塵而去。

她要回去的那幢豪宅，不是一個家，而是一個華麗的鳥籠。一開始或許是她自願走進去的，而現在，她已經沒有力氣走出來了。我想知道，她可曾後悔？但答案是什麼，其實也都無關緊要了。

一個男人的守候

她怎麼也沒有想到，竟會在這個安靜的小鎮，遇見自己多年前暗戀的對象。

那天也是一路陰錯陽差，本來她是要去台中做一個採訪的，沒趕上自強號，只好搭下一班火車，誰知匆忙間一時不察，搭上了每站都停的慢車，這下行程整個被大大耽誤，她反而有一種「好吧，那就算了」的輕鬆。這時火車正好在某個靠山的陌生小鎮停下，入眼的綠意讓她喜悅，那個沒聽過的地名也滿可愛，她一向憑感覺行事，當下就下車了。反正台中不去了，乾脆就來一場隨興所至的漫遊吧。

誰知才走了兩條街忽然就下起雨來，幸好路邊有一間賣湯圓的小舖，於是她坐下來休息兼躲雨。

單獨坐在另一桌的某個男人看起來有些眼熟，在哪兒見過呢？她在記憶裡暗暗搜索，想了半天未果，正要放棄，驀地一個電光石火，心頭一驚，難道是他？

他是大她一屆的高中學長，能作詞作曲，會多樣樂器，是擊劍高手，而且長得帥又功課好，曾是全校女生共同的夢中情人，其中也包括她。她到現在都還記得，那個金色的午後，在陽光斜照的社團教室裡，她躲在一扇門後，目不轉睛地看著他獨自練習擊劍的樣子。陽光的金色粉塵落在他的劍尖，而他英姿煥發，彷彿可以無懼地面對全世界。那即是她對他暗戀的開始。

靜默地立在一旁悄悄凝視著心中喜歡的人，而對方從不知道。那就是她對自己的少女時代最深刻的印象。後來每當想起高中那段時光，第一個浮上心頭的總是他的身影。

可是這會兒，眼前這個穿著深藍色夾克和卡其色長褲的男子，默默低頭喝湯的側臉還依稀可見當年的樣子，然而那種光采明亮、意興風發的氣質完全不見了，取而代之的是內斂與低調；他的周身散發一種孤獨之感，彷彿他吃下去的不是碗裡的湯圓，而是難以言喻的滄桑。畢竟是二十多年過去了，少年已成中年，這其中的歲月，絕非別人可以想像。

而她自己不也是嗎？經歷了幾段結局不堪的情感，以及一場破碎的婚姻，又豈是三言兩語可以道盡？她常感到一種荒涼與疲憊，有時早晨起床看見自己的素顏，都會心驚自己這些年來到底是經歷了什麼？

過一會兒，他起身走了，結帳時她聽見店家喊他「許醫師」，她原先還有些不確定，真是他嗎？還是有點像他的人？這下她肯定就是他了。後來他是考上了醫學系沒錯，而且他的姓正是許。

他撐著傘走了，從頭到尾不曾對她有過任何注意，就像從前目不斜視地走過她身旁一樣。喜歡他的女生太多了，而他誰也不曾留意。不過那已是從前了，她的心中不再有過去那種少女情懷的失落，但確定了眼前的人是他，還是引起她的內心一陣衝擊。

他看起來這麼孤獨，而且又出現在這樣偏僻的小鎮，難道那個傳說是真的嗎？

雨停了，她也該走了，結帳時她發揮記者本色，不著痕跡地和店家小聊了一下，打聽得知，他在大約五年前到此地來開業，診所就在隔壁那條街上。「許醫師人很好，常常不收窮人的錢，不過好像沒人見過醫師娘，也不知他到底結婚沒？許醫師從來不講自己的事，以前還有人會問他，現在大家都不問了，反正問了他只是笑笑，不會講。」店家是個愛聊天的婦人，完全不防備。

她謝過店家，轉身要走，忽然想起什麼，回頭再問：「這附近是不是有什麼寺院或讓人清修的地方？」

「山上都嘛有這種地方。」婦人的意思是，這裡就是山腳下，附近有這種地方也不奇怪。

她走到隔壁街，很輕易地找到了他的診所，就是那種樸實無華的小鎮診所，與大城市裡大醫院的壯觀完全不一樣。她不禁想起那個傳說，當年他是第一名從國立大學醫學系畢業的，要在任何一個大醫院任職都不難，但他卻為了想要守候自己所愛的女子，選擇了下鄉。

那個女子暱名靚靚，和她一樣小他一歲，兩人住在同一條巷子裡，從小就是青梅竹馬。靚靚高中時讀的是另一所女校，他那時對校內所有的女孩都不動心，據說就是因為他心中只有一個靚靚。靚靚家教嚴格，父母規定在上大學之前不能戀愛，所以兩人私下約定，他會等她考上大學之後再在一起。

那個靚靚難道長得像天仙一樣？竟讓他對所有女生不屑一顧！當年她因為滿心的好奇與不平，曾經到靚靚就讀的女校去找相識的朋友，只為了要看看這個傳說中的靚靚究竟是什麼模樣。

可是不等朋友指出，她就已先看到靚靚。在那所貴族女校裡，多的是才貌出眾的少女，靚靚走在其中，卻還是讓人第一眼就先看見她。並不是她有多麼驚人的美貌，而是舉手投足之中的那種沉靜氣質，反而比那些活潑愛鬧的女孩更出類拔萃。簡單的白衣黑裙，穿在靚靚纖細修長的身上，特別脫俗出塵。

她那時正在讀金庸的《神鵰俠侶》，看見靚靚的當下，覺得小龍女應該就是這個模樣。也因此，她明白了為何他對其他女生無感了。靚靚的美並不張揚，那是連同性都會喜歡的女孩。她心中的不平瞬間消失，甚至願意衷心祝福他們。

但多年以後，當她自己已不再年少，才聽說在她與靚靚高中畢業那年，一場大火燒毀了靚靚的家，也燒死了她的雙親，一夜之間，她一無所有。這樣的打擊未免太殘酷，讓一個十八歲的女孩瞬間深刻地體會了人生的無常。靚靚沒有再升學，而是賣掉了父親留下的工廠，然後開始了棄世絕俗的生活。聽說她並沒有出家，只是陸續在一些寺院或清修之處修習佛法，求得心靈的平靜與開悟，她和過去斷了聯繫，沒有與任何人交遊來往，包括對她始終一心一意的他。

這是命運吧？與靚靚同校的那個朋友告訴她這一切的時候，她自己正經歷著水深火熱的離婚過程，很能體會因為心亂與痛苦，所以對平和寧靜的那種深切渴求，因此她雖然為造化弄人嘆息，卻並無太多哀傷的情緒。

又過了兩三年，當她混亂的心境漸漸平復時，在某個工作場合與高中時代的學長巧遇，聽說了他的近況之後，才真的開始難過了起來。

「傳說啦，也不知道是不是真的。」學長說，「那傢伙一直沒交女朋友，至今還在守候那個女人，她到哪裡清修，他就在那附近租屋看診。如果這是真的，那他就太傻了！都這麼多年了，還對一個不回應他的女人這麼死心塌地，到底在等什麼啊？」

此刻，看著對街那個簡直寒傖的小診所，她那種悵惘的感覺又回來了。

這條街再往下走就是上山的道路了，他的診所就在靚靚下山一定會經過的路旁。她仍在雲深不知處的山上某處嗎？她知道有個男人如此默默守候著她嗎？若是曉得，真能不動心嗎？

人生確實無常，可是這個男人已經用他一生中最好的時光證明了對她的愛，眼看著就要老了，那樣的情感還不夠深厚恆定嗎？

她想起他撐著傘走進雨中的孤獨身影，覺得非常非常悲傷。

*

「我不只是為他悲傷，也為我自己感到難過。」她坐在我的對面，雙手捧著茶杯，眼中有著失落的神色。「被一個男人這樣愛著是什麼感覺？我從未被這樣對待過。」

在她的經驗裡，男人都是不專情的。情感的經歷不少，回想起來卻沒有任何一段可以稱之為真愛，甚至連懷念都沒有。

有些女人終其一生，不過就是渴望一份不離不棄的情感，但也有一個女人，棄世絕俗，把深愛自己的男人關在門外。我明白她的心情。

「靚靚真幸福。」她長嘆一聲，「有一個那麼好的男人，那麼愛她啊。」

「但她所經歷的事情，可能已經讓她太早就看透一切，包括愛情。」

「妳覺得他們之間有聯繫嗎？」

「應該有某種聯繫吧。我想他應該是以一種不打擾的方式讓她知道，只要她需要他，他一直都在她身旁附近。」

「學長這樣太可憐了。」她的眼中浮起一片水霧。「其實他可以有另一種完全不同的人生。」

「另一種人生就比較好嗎？在大醫院任職，成為頭銜光采的名醫，與政商名流來往，娶一個名媛當妻子，這些都是虛榮的表象而已，那樣真的就會比較開心嗎？」我想了想，又說，「也許現在的他有他的快樂啊，能一直懷抱著對一個人的愛而活著，不也是一種莫大的幸福。」

太多的情感都會變質，太多的愛後來都會變成不愛，可是其實誰都希望可以深深地去愛一個人吧。

「嗯，」她若有所思，「人生到了某個階段，會發現所求不多，不過是只想好好去愛一個人，卻是那樣求之不得。所以學長應該是幸福的吧。」

心中有愛的人終究是幸福的。也許我們都願意是這樣的結論，所以各自沉默下來，只是安靜地喝著自己手中的那杯茶，安靜地琢磨著自己心裡的滋味。

再見，
或許再也不見

最好的復仇

我在南下的高鐵上遇到她。我們的對號座位就在彼此隔壁，我靠窗，她靠走道。

我提早上車，而她是快要發車時才匆匆入座。我從窗玻璃的反映中看見她，心想這個女人好眼熟，我應該是認識的，可她是誰呢？

當我還在猶疑，她見著我，眼中先是掠過一抹驚訝，然後就笑開了。

「啊，真是巧遇。妳去哪兒？」她問。

我轉過頭來，正視著她。一時之間不知該有什麼表情，只好客套地微笑。「台中。妳呢？」

她把座位前的桌子攤開，擺上一台輕巧的Notebook。「新竹。我去那兒開一個會。」

就在這個瞬間，我驀地想起她是誰了，不禁在心裡暗暗驚叫一聲。

她是我的朋友W的前女友。

不能怪我一時之間認不得她，因為她的感覺與氣質和以前完全不一樣了。

畢竟是數年不見，感覺生分，我們的對話到這裡就無以為繼，她打開Notebook，我打開手邊的書，分別埋首在各自的小宇宙裡。然而我無法專心閱讀，心裡想著以前的事。

以前有一段時間，我們還算熟稔，甚至一起去夏威夷和峇里島旅遊過，那是她與W戀情的全盛時期。在我的記憶中，她是一個甜蜜、天真、沒有心機的女人，情緒總是很直接，說風是風，說雨是雨，喜歡的與不喜歡的，總讓人一目了然；她對W的愛意也表露無遺，常常像無尾熊掛在樹幹上一樣地掛在他的臂彎裡，完全不掩藏地對全世界放閃。

但W不是個可以對一個女人一心一意的男人，他太容易喜歡別人也太容易被別人喜歡，這種人做朋友很好，因為朋友可以有很多，但做情人就另當別論，畢竟情人應該只有一個。於是他的每一任女朋友往往都會和前後任重疊，可想而知那是什麼複雜的狀況。

W並不太會處理這種事，更正確的說法是，他根本就不處理，當東窗事發時，看誰想走就走，誰想留就留，他不解釋，不挽留，也不會在兩個女人之間做決定，只是讓她們自己去面對難題。這樣當然很差勁，別說他的女朋友們，連我們這些朋友都覺得他糟糕透了。W傷了很多女人的心，而其中受傷最重的，也許就是她了，因為她用情最深。

W不能算是愛情玩咖，他只是優柔寡斷又拖泥帶水，缺乏好好處理感情的聰明智慧。其他女人看穿他的個性，知道和這個男人不會有未來，也就走了。但她不是，她對W有著深深的迷戀與執著，相信自己不離不棄的守候總有一天可以讓心愛的男人倦鳥知返。

為了別讓他開車太累，她去學開車。為了別讓他吃太多外食，她去學烹飪。為了他想要創業，她不但幫他蒐集與研讀所有相關資料，還二話不說地把自己的提款卡交給他。我常對W說，他不會再找到這麼愛他的女人了。他說他知道。

但他還是一次又一次地出軌，也讓她一次又一次地去面對「另一個女人」，那種痛苦與難堪，就算再深的情感也會被消磨殆盡。

在他們分手之前，我最後一次見到她那次，是在電影院門口不期而遇，當時電影已經散場，我們擠入同一部電梯，她的身旁並沒有W，顯然她是一人來看電影。我們簡單交換了一下看電影的心得，就匆匆再見了。但先一步走出電梯的她忽然回頭對我揮了揮手，在那個當下，我看著形單影隻的她臉上那個淡淡的、憂傷的微笑，忽然覺得，她是在對我告別。

果然，不久之後她就離開了W，並且與他所有的朋友都斷了聯絡。

我想，換作是我也會這麼做的，分手就要分得徹底，所以何必再見到與舊情人有關的任何人事物來讓自己觸景傷情呢？

此刻，我再度與她偶遇，列車上的時間縱然比同搭一部電梯來得長些，但也是有限。我想我應該把握這難得的重逢，於是我闔上手中的書，問她，這些年來都好嗎？

「好啊。」她愉快地回答。「我搬了家，住在自己喜歡的房子裡。我也換了工作，做的是自己喜歡的事情。一切都很好啊，我喜歡自己現在的生活。」

她看起來確實很好，以前及腰的長髮剪到耳下，浪漫的長裙換成了俐落的褲裝，整個人神采奕奕，有一種女人來到成熟狀態的自信，和過去那個視線總是癡癡追隨著W的女孩完全不一樣了。

我想問她，那妳現在有喜歡的人嗎？但話到嘴邊又嚥了回去。畢竟我是她前男友的朋友，也許她會覺得這個問題太隱私，是她不想回答的。也或許，是我有一份私心，還希望W有機會與她復合。

「妳知道嗎？他都改了。」新竹就快到了，我得把握時間，想說的話要快說。「妳走之後，他消沉了很長一段時間，後來也沒再有過情感對象，我想他是一直對妳念念不忘吧。」

雖然W是咎由自取，當初沒有好好珍惜愛他的女人，但後來看見他悔恨失落的樣子，還是讓我們這些朋友心軟。他終於知道，能遇見一個真心愛自己的人是多麼不容易，但太遲了，任他打了再多次電話，發過再多條訊息，她都沒有回應。

此刻，她依然沒有回應，只是一臉無所謂的漠然。

新竹到了，她準備下車，卻在起身之前，忽然轉過頭來，平靜地對我說，「妳知道嗎？現在他怎麼樣，對我又是怎麼想的，我真的一點兒也不在乎了。」

然後她嫣然一笑，對我道了再見，轉身往前面出口走去。

看著她苗條的背影，我想起那回和她在電影院的不期而遇，那是一部講復仇的電影，當時在電梯裡，我曾問她，妳覺得最好的復仇是什麼？是要過得比對方更好嗎？她搖搖頭，說：「不，想要過得比對方好，表示心裡還記掛著這個人。最好的復仇，就是完全不再把對方放在心上，連想要過得比他好的念頭都沒有。」

愛情本該提得起，放得下，愛的時候義無反顧，一旦不愛了就不再回顧。是啊，最好的復仇，就是完全地放下。

她在前方的出口下了車，這一回，她並沒有回頭，只是輕快地往前走去，不久就消失在人來人往的月台上。而月台以外的天空，雲淡風輕。

昨日殘雪

路過一個山間小鎮，到處都是昨夜積雪的痕跡。

心心想喝一杯熱騰騰的咖啡，但小鎮上所有的咖啡館都關門了。不，是根本還沒開門，這種咖啡館通常做下午到晚上的生意，而現在還不到中午。

心心開著車在小鎮上繞了一圈，最後還是離開了，沿著公路繼續往前行駛。她要在傍晚之前到達另一個城市，與友人在預訂的飯店會合，衛星導航顯示車程大概三個多小時，所以她的時間是很充裕的，適合她以優閒的旅人心情慢慢前往。也許她會在下一個小鎮找到一間漂亮的餐廳好好吃一頓午餐，或是在哪個景點停下來欣賞一下風景。

然後她想起臉書裡那則尚未回覆的私訊，不禁長呼了一口氣。

「妳既然到加州來了，就順道來看看我吧。」李茵在她的Messenger留下這樣的訊息，後面附上住家地址與電話，語氣親暱，好像她們一直都有聯繫似的。

事實上，她與李茵已經失聯二十年了。

或許不算真正的失聯，在這樣的臉書時代，如果有心要知道任何人的現況都不難。她到了美國之後曾在臉書上發文，連帶顯示出發文所在的地標，如果李茵有追蹤她的臉書，自然會發現兩人之間的距離並不遠。

但是地圖上的距離並不等於心靈之間的距離，這些年來，她從未想過與李茵有再做朋友的可能。所以，李茵這則天外飛來的私訊，讓她一時之間不知該有什麼感覺。

心心握著方向盤，耶誕節剛過，沿路偶爾會出現殘雪。前方的道路不斷地掠向後方，許多舊時回憶卻也不斷地湧上前來。

她和李茵因為同住一間女生宿舍而認識，當時她和韓非的戀情正在萌芽，李茵就成了她傾訴心事的閨蜜。韓非是李茵高中的學長，這讓她對李茵一開始就有某種親切感，而她後來才知道，那種親切感是一種錯覺，當李茵眼神閃爍地催促她講更多與韓非有關的事時，她該有的不應是親切感，而是危險的預感。

心心高中讀的是嚴禁戀愛的教會女校，大一大二時雖有許多人追求，但她也不曾對誰有過回應，直到大三在某個校際活動上認識了韓非，才明白了什麼是天旋地轉、小鹿亂撞。那種魂牽夢縈的感覺來勢洶洶，簡直把她自己嚇壞了，因為那是她從未有過的經驗，在這之前，她有個冰山美人的綽號，而韓非的出現融化了所有的霜雪。她開始懂得什麼是患得患失，什麼是心神不寧，什麼是走路輕飄飄地無法著地，因此同住一室又交過許多男友的李茵成為她的愛情顧問，也就順理成章。

韓非第一次到她們的女生宿舍門口來等她時，李茵跟著她一起下樓，一見到韓非就拉著他的手臂問他還記不記得她？韓非早已聽心心說過室友是他的高中學妹，可是他對李茵並無印象，場面因此一時有些尷尬。李茵半認真半玩笑地說：「哼，人家我以前還寫過紙條給你呢，你竟然把我給忘了。這樣不行，你得請我吃飯，不然我要對心心說你的壞話噢。」

後來在她與韓非相戀的那段日子裡，李茵一直都以她的閨蜜角色在韓非面前製造強烈的存在感，但她從未多想過什麼，因為李茵的男友也從未斷過，所以她想李茵只是個性活潑並且太關心她了吧。

導航顯示另一個小鎮就在附近，心心覺得有點累，於是彎進小城，想找個地方休息一下。

這個小鎮頗有歷史，還保留了許多早期西部拓荒的遺跡，並有一條曾經因為淘金熱而出名的河流經過。河邊有間充滿西部風味的餐廳，門口的殘雪因為過往路人的踩踏而呈現灰色。餐廳裡人聲鼎沸，但她很幸運，臨河的窗口正好有個單人空位。

心心點了一份蘆筍醺鮭魚沙拉、一碗野菇黑松露濃湯和一杯咖啡，然後拿出手機，看看今晚要與她會合的友人是否有傳給她什麼訊息。

沒有，倒是李茵又傳來了一則私訊：「過去的事我早就放下了，妳不會還放在心上吧？」

心心不禁失笑。說自己早已放下，這語意聽起來是一種對往事的釋懷，願意原諒別人的過錯。但這樣的話怎麼該是李茵說的呢？她對自己做過的事沒有任何反省或愧悔嗎？

多年後的現在回想起來，那些前塵往事其實已經很模糊了，但當年她曾經痛徹心扉過，那是身體的記憶。直到現在她都還記得那種左胸腔疼痛如刀割的感覺，那讓她知道心碎不是一種形容而已，而是真實的發生。

那時韓非剛服完兵役，正猶豫在工作與深造之間，她也剛進入社會，每天忙著適應ＯＬ的新生活，兩人聚少離多，即使見了面也總有一方或兩方都正陷入或疲憊或焦慮的情緒，動不動就引發口舌齟齬。幾回午夜難眠，她一面落淚一面思索，心焦自己的力有未逮，也心疼他正面臨人生的十字路口，現下最重要的是需要好好思考他的未來，因此幾回欲言又止之後，她終於開口建議，為了兩人之間更長遠的以後，也許彼此應該先分開一段時間。

「分開多久？」他臉色都沉了。

「也許半年。」

其實她並不知道會多久，她只希望他能確定自己是要進入職場，還是要準備申請學校。不管是怎樣的決定，她都希望他能專心面對，全力以赴。她也希望他一旦下了決定，都要在第一時間告訴她。「我會等你。」這是最後一次見面，她最後一句對他說的話。

顯然他很快就決定了要繼續深造，因為不到半年，他就赴美讀書了。當她從旁人口中知道這個消息時，萬分錯愕，為什麼他都沒有跟她說一聲呢？

告訴她這個消息的朋友訝異地問：「妳和韓非不是分手了嗎？」她解釋兩人說好只是暫時分開，朋友聽了，臉色尷尬起來，好半天才吶吶地說：「喔，可是他是和李茵一起去的，聽說他們已經訂婚了……」

許多真相是事後拼湊起來的，有個朋友告訴她，因為她說要分開一段時間，韓非曾經很消沉，李茵就在那段日子天天主動去陪伴他；有另一個朋友說，李茵說她有了新戀情，甚至已論及婚嫁，是不可能再與韓非在一起了；還有個朋友說，李茵說得繪聲繪影，還說已見過她的新男友，而李茵畢竟是她的閨蜜，所以大家都相信李茵的第一手消息。

為了得到韓非，李茵如此處心積慮。她這才恍然大悟，原來自己從來就不是李茵的朋友，而是情敵。

但她心裡一直只有韓非，也從未答應過其他人的邀約，哪來論及婚嫁的新男友？

韓非必然也是相信了李茵，才會倉卒負氣出國吧。但他連問都不曾來問過她一聲，難道他們兩人的情感就這麼不堪一擊嗎？

她瘦得剩下一把骨頭，成為心碎的遊魂。那是一段灰暗與破敗的日子，而她用了很長的時間和很多的力氣才慢慢熬過去。

多年之後，她聽說韓非與李茵結了婚又離了婚，然後又各自再結婚，她只是平靜地「嗯」了一聲，心中並無任何波瀾。在那個當下，她知道自己已經完全復元了。

此刻，她盯著手機，心裡有些困惑，李茵為什麼還要來與她聯絡？但無論那答案是什麼，她都並不真的想知道。

從臉書上的大頭貼照看起來，李茵依然年輕，和以前相較並沒有太大的變化，可是也就這樣了，她並不想知道更多，所以並沒有進入李茵的臉書去看那些生活動態。對於李茵的現況，她並不好奇。

至於韓非，她也無意探詢。她曾經很想問他，為什麼不信任她卻聽信李茵編織的謊言？他和李茵的婚姻是否是對她的賭氣？他恨她嗎？他知道他誤會她了嗎？這些曾經是她心中翻來覆去的疑問，但在她度過那段痛苦的日子之後，這些問題也都漸漸變得不重要了。

結果已是如此，而過去也已過去，就算知道了答案又如何呢？

李茵的住家就在她目前的車程與時間都允許到達的地方，但她找不到順道前往的理由。去敘舊嗎？不愉快的往事何必再提起。去和解嗎？李茵從未表達過歉意，是要從何和解起？

如果做錯事的人自己都不覺得有錯，寬恕與否也就失去了意義。

她的心情無所謂原諒或不原諒，因為那對她而言就像上輩子的事，她也並不期待得到任何人的道歉。她的悲傷已平息在遙遠的過去。

許多時候，只要讓過去過去就好，只要繼續往前就好。過去就像昨日的殘雪，總會融化的。

她刪去李茵的私訊，然後走出河邊餐廳。陽光出來了，路邊的積雪已漸漸消融。她仰起臉，閉上眼睛，享受陽光照耀在臉上的溫暖熱氣。然後她上了車，轉動方向盤，往她要去的地方前進。

出軌

當新聞快報打出列車翻覆的消息時，她幾乎能聽見自己鼓鼓的心跳。

一年以前，她就是在這班星期天下午的列車上遇見他的。

兩人的座位就在隔壁，他比她早一站上車，而她買的是靠窗的位子，因此她入座的時候必須先經過他。正低頭讀著一本書的他很有禮貌地起身，讓她可以從容而不是侷促地入座，這給了她很好的第一印象。她對他輕聲道謝時，兩人視線正好接上，在這個瞬間，她的心裡有一絲異樣的感受，像是一片葉子掉進一池湖水裡，漾開一陣漣漪。

他的身材高大，濃眉，單眼皮，年紀大概三十到四十之間，穿了一件很有質感的英式Polo衫，身上有一種好聞的味道。那是她最喜歡的某款男性古龍水，她曾經買過一瓶送給她的丈夫，但被他束之高閣，從未使用。

她從隨身背袋裡拿出馬奎斯的《愛在瘟疫蔓延時》，這是馬奎斯的作品中，她最喜歡的一本，這已是第三次重讀。她正要把書打開時，聽見他在旁邊笑出聲來，同時把手中的書闔上給她看封面，她瞥眼一瞧，竟然也是《愛在瘟疫蔓延時》！這樣的偶然與巧合，令她不禁也驚訝地笑了。

於是賈西亞・馬奎斯成為話題的開始，兩人自然地聊了起來，讀過他哪些書？喜歡書中哪些人物？馬奎斯之外，再提起伊塔羅・卡爾維諾、瑪格麗特・愛特伍、唐・德里羅……她第一次遇見一個人，是自己所讀的書，對方也都讀過的。這種感覺前所未有，隨著對話不斷展開，彷彿不斷有落葉飄進她心中的湖面，漾起更多的漣漪。

他說自己是花蓮某間醫院的醫生，但家在台北，所以總是在星期天下午搭火車前往花蓮，工作五天之後，星期五晚上再搭火車回台北，這樣的生活型態已經有好幾年。

「因為搭火車的時間很多，不知不覺就讀了不少書。」他說。

「這樣不是很辛苦嗎？為什麼不在花蓮定居就好呢？」她問。

他苦笑。「我總是要陪陪我的太太和我的小孩吧，我平常都不在，假日總不能再缺席。」

噢。她感到心底有輕聲的嘆息。雖然已經猜到他應該結婚了，可是證實的當下還是不免淡淡的失落。

「妳呢？為什麼去花蓮？妳是東華大學的學生嗎？」

她不禁從心裡綻開笑容，很欣喜在他眼中，自己竟然如此年輕。

「不，我去花蓮看一個朋友，她快結婚了。她的婚禮那天我無法參加，所以在她婚前去和她聚聚。」

她沒有告訴他，自己也結婚了，而且還有一個五歲的女兒。

何必說呢？不過是萍水相逢。

她轉過頭來，望著窗外青綠的山和幽藍的海，覺得此時此刻的自己，既不是誰的妻子，也不是誰的媽咪，就只是她自己。一個可以獨自走到天涯海角去的女人，對於人生還能想像，對於未來也還有期待。

列車轟隆隆駛進山洞，一片黝暗中映照出車窗上她凝視著自己的樣子，有著不染塵埃的眼神，無偽也無畏的臉部線條，純淨，寧靜。她喜歡此時此刻的自己，她已很久沒有這樣的心情。

列車即將抵達花蓮之前，他問是否可以加她的LINE？

「以後有好書，就推薦給我吧。」他說，「也希望以後還有機會，我們能一起聊聊讀過的書。」

這樣好嗎？他是有婦之夫，而她是有夫之婦……她的心中閃過一絲猶豫，卻又覺得何必想太多。如果只是單純地交換一些書的資訊都不可以，那也太顧慮了。婚姻又不是牢房，沒有人應該當囚犯……她發現自己正在說服自己，為什麼不該拒絕與他保持聯絡。

他的ＩＤ上有他的中文全名，而她用的則是英文暱稱。他並沒有問她的中文名字，她知道這是他的禮貌。

列車在花蓮停靠之後，兩人一起走出月台，走向出口，她覺得自己在他的旁邊，有一種說不出的契合感，而從別人的眼中看來，他們會是什麼樣的關係呢？

在車站出口外，他說還要去搭前往醫院的巴士，「那麼，後會有期了。」他凝視著她，「很高興認識妳。」

「我也是。」她知道自己說的一點也不是客套話。

兩人道別之後，她在一堆來接人的車陣中發現了朋友的身影。她們相互擁抱時，朋友看著她容光煥發的臉，納悶地問：

「妳為什麼看起來這麼美？奇怪了，要結婚的明明是我，一臉桃花的卻是妳。」

她笑著掩飾過去，決定對她最好的朋友保留列車上的這段插曲。從這個時刻開始，他已經成為她不可告人的秘密。

＊

但她其實從未想過與他有進一步發展的可能，她想要的不過是一個可以交流內在想法的異性知己，如此而已。

她當然有幾個偶爾聚在一起談心的閨密，可是那終究不同於異性之間那種帶著曖昧感的張力，那讓她有悄悄活過來的感覺，讓她知道在某個質感很好的男子眼中，自己依然有著女性的魅力。那是她已經很久都不曾有過的感覺，而那樣的感覺對一個女人來說很重要。

她的婚姻今年進入第七年，丈夫是個律師。就像法律是她從來都不了解的領域，在她的心裡也有一塊地方，是她的丈夫從來都不能明白的。

她已經忘了當年這場戀愛是怎麼談的，總之到了適婚年齡，彼此都覺得對方是個不錯的對象，雖然並沒有什麼非結婚不可的理由，可是也沒有什麼不能結婚的理由，於是就結婚了。

婚後不久，女兒出生，她忙著育兒，他忙著工作，彼此都不需要對方插手，不同的忙碌填補了兩人之間某種不能說破的空白，日子也就順理成章地過了下來。

閨密們都說她是個好命女，體面的丈夫，可愛的女兒，優渥的生活。她得到的是公認的美好歸宿，一個進入婚姻的女人不能要求更多了，如果還不知足，那就太過分了！可是，她常常感覺到心裡有一種無法形容的空洞。在鄰居和丈夫的同事眼中，她是陳太太，在幼稚園和公園的兒童遊戲區，她是小潔媽媽，但是剝除了這些身分之後，她是誰呢？

有一個渴望被傾聽被了解的她，像是淺層土壤中的嫩芽，只需要一點春天的雨露，就呼之欲出。

先傳來訊息的是他，在花蓮道別的那天晚上，他就傳訊來問她是否已經順利到達朋友家？兩天後她回到台北，不久又接到他的訊息，問她是否已平安回家？對一個萍水相逢的女子付出如此關心，這不太尋常，而她無法對自己否認，這樣的不尋常讓她從心底泛起笑意，因為知道自己被看重了。

她推薦自己喜歡的書給他，還附上相關的書訊連結，他會認真地上網訂書，讀完之後還會認真地與她討論閱讀心得。這種相隔兩地卻一起讀一本書的感覺，有著難以言喻的親密。

他們也會交換一些當下的心情，並且附上所拍的照片，例如他路過某戶人家，看見爬滿牆垣的薜荔，會與她分享那片綠意，例如她看見很美的雲朵，會立刻傳送眼前的天空。

但他不曾提起過他的妻兒，她也從來不問。而她亦保留了自己現實中的生活狀況。兩人之間似乎有一種不需言說的默契，知道某個瓶子必須栓緊瓶口，不能輕易開啟。

她並不好奇他的妻子是個怎樣的女人，也不想知道他與妻子之間相處是怎樣的狀況，對她來說，圍繞在他周圍的一切與他都是不相干的，就像他也不需要知道更多關於她的事情。

她很明白，唯有如此，他才能是她的秘密，她也才能繼續保有這份不可告人的情誼。

她並沒有任何非分之想。沒有。

但她還是在某些心中感到苦悶的時刻，會進入他所任職的醫院網站，找到有他的照片的網頁，默默地發呆，心中浮動著自己也不明白的情緒。

＊

有時她會感到不安。或許這樣的不安一開始就存在了，只是隨著他在她心裡擴大身影的同時，這份不安也一起擴大。

她害怕的是自己，或許自己在不知不覺之間，就會洩漏了什麼。

有一天，向來深夜才會回家的丈夫忽然在傍晚回來。她平常不吃晚餐，只會為女兒準備兒童餐，此刻只好打開冰箱看看能做出什麼料理。

「不用忙了，出去吃吧。」丈夫皺著眉，臉色是明顯的不悅。

一家三口在住家不遠處的一間館子裡點了三菜一湯，但她沒怎麼動筷子，只是忙著把菜和肉用專用的剪刀剪成適合兒童的小口，送進女兒的碗中。

「媽咪！」女兒忽然叫了起來。她回過神來，才發現不知什麼時候，自己已經無意識地把一片高麗菜葉剪成了慘不忍睹的碎末。

「啊，對不起，媽咪重剪。」

她挾起一片菜葉，卻見丈夫以意味深長的眼神注視著她。

「妳最近是怎麼了？常常都心不在焉。」他停頓了一下，又問：「妳在想什麼？」

「沒有啊，我沒在想什麼。」她淡淡地回，卻是心驚不已。

無論丈夫是否看出什麼，都讓她感到一種私密的內在狀態被識破的難堪。如果他真的發現了什麼，她知道自己並沒有任何辯解的餘地。

是的，那只是一面之緣，連手都沒有牽過，後來也沒有再見面，可是一旦她對自己的伴侶藏起秘密，那麼她還能說自己對這樁婚姻是忠誠的嗎？

這個問題困擾著她，這樣的困擾與對他的戀慕呈正比而擴大。

妳在自尋煩惱，妳和那個人之間根本什麼事也沒發生。她心裡的一個聲音這麼說。

真的嗎？妳確定真的什麼事也沒發生嗎？另一個聲音嘲弄地問。

＊

這天她帶著女兒去公園盪鞦韆。女兒坐在鞦韆椅上，她在女兒身後輕輕地推，一個不留神，也不知怎麼回事，就見到女兒從鞦韆椅跌落下來。

她心驚膽顫，衝過去抱起女兒，把女兒從頭到腳檢查了一遍，幸好原本就盪得不高，再加上公園兒童區的地板是防跌的特殊材質，所以沒什麼傷，但畢竟還是嚇到了，女兒抽抽噎噎地哭了起來。

「對不起對不起……」她一連疊聲地道歉，好心疼地把女兒擁入懷裡。

她的丈夫說得對，她確實心不在焉，但身為一個五歲小女孩的媽媽，她不能有心不在焉的時刻，稍一不慎，或許就會發生憾事。

或許女兒從韆鞦上跌落是一個警告，如果這其中有某種罪惡，代價要由她的女兒來償還，那麼她無論如何都無法原諒自己。

這天夜裡，她刪除了他的LINE。幾個簡單的操作步驟之後，一切了無痕跡。這是正確的決定，她覺得自己很平靜。一切都很平靜。

然後，第二天下午，新聞快報打出列車翻覆的消息。

看著新聞圖片裡，八節車箱扭曲成一個大大的W型，翻倒在軌道之外那種怵目驚心的樣子，她覺得自己全身的血液彷彿被瞬間抽乾似的，有一種感同身受般的痛苦。

她終於慟哭了起來。

他和她的貓

朋友A與女友分手了，但心境上一直沒有了斷乾淨，因為他養了蜜兒。

蜜兒是A與前女友交往期間，她送給他的一隻貓。喔，不，與其說送，不如說塞，她硬塞給他的。前女友是個愛貓者，家裡養了十幾隻各色各樣的貓咪，有一天她提了一只貓籃來找他，說是因為這隻可憐的小貓感冒了，為了不要傳染給其他的貓咪，所以必須借住他家幾天。向來不喜歡貓的A看看躺在貓籃裡，一副虛弱樣的蜜兒，再看看女友為愛貓擔憂的溫柔眼神，只好把那聲「不」硬吞了回去。

後來蜜兒的感冒好了，女友卻好像沒有把牠帶回去的意思，只是天天來看牠，也天天帶來更多屬於蜜兒的東西，所以他的屋子裡漸漸有了貓碗、貓床、貓砂盆、貓罐頭、貓玩具，還有花樣百出的貓零食。A很慶幸還好女友不是會給貓穿衣服的那種人，否則她可能還會搬來一座貓衣櫥。

A也漸漸接受了蜜兒的占據。有時兩人一貓一起擠在他那張雙人座的沙發裡時，他會有爸爸媽媽和孩子一家三口和樂融融的錯覺。他想，自己其實也沒有那麼不喜歡貓嘛。某天蜜兒蜷成毛茸茸的一團睡在他的大腿上時，女友坐在另一張椅子上微笑地看著他倆，久久之後，她輕輕地說，「蜜兒喜歡你，牠是你的貓。」

從此，蜜兒就名正言順地成為他的貓了。

蜜兒是一隻黏人的貓，只要他一回家，牠就會像踏著芭蕾舞步般輕悄無聲地上前來，圍繞他，貼著他，磨蹭他，發出咪嗚咪嗚撒嬌的聲音。他覺得被一隻貓需要的感覺真好，也奇怪自己以前為什麼不喜歡貓？貓那麼可愛不是嗎？討厭貓的人真的很奇怪耶！虐貓者更應該直接下地獄！每次蜜兒睜著碧綠色的眼眸，含情脈脈地凝視著他時，他就覺得胸口堵著一種快要融化的感受。「那是愛吧，我想。」A略帶羞赧地這麼對我說，一個線條粗獷的大男人臉上竟有了小女兒態的柔情。

後來A與女友分手時，曾經非常擔心她會把蜜兒要回去，但半年下來，前女友並沒有這樣的表示，他逐漸放心了。然而在這同時，因為睹物思人的緣故，他也愈來愈想念前女友。「我搞不清楚到底是她像蜜兒還是蜜兒像她，反正她們都有一種貓的輕柔感與神秘感。看著蜜兒的時候，我總覺得看到她的樣子。」A攤攤手，那一臉悵然落寞的表情就是「我完了」。

A對前女友的形容是很貼切的，我在他的臉書看過她的照片，確實有一種貓的感覺，溫柔中帶著神秘，是那種很能引起男人保護慾的女人，但眉眼之間卻又有著某種孤獨，顯示為不屬於任何人，只是她自己的主人。我也覺得A完了，他要再開始下一段戀情，恐怕沒那麼容易。

我安慰了他幾句，本來以為就這樣了，沒想到還有後續。

前幾天，我赴一個朋友的約，到一家以玫瑰花香聞名的咖啡廳去。朋友來電說要晚半個鐘頭到，我說沒關係，慢慢來，反正我可以看書。關上手機之後，我忽然發現，就這麼巧，A的前女友竟坐在我的隔壁桌，還有另一個女人與她同桌，兩人有說有笑，看起來就是那種感情融洽、無話不談的閨蜜。

並不是我故意要偷聽，而是就這麼隔鄰而坐，兩個女人的閒聊自然一波波地飄向我的耳際。本來也沒有仔細聽，是因為關鍵字，也就是A的名字出現，才讓我驀地警覺起來。

「所以妳確定他會好好對待……嗯，妳那隻貓叫什麼名字？妳確定他會好好對待妳的貓嗎？」另一個女人問。

「我確定啊，他是真心愛著蜜兒。一開始我就知道他是個善良的人，我不會和不善良的人交往的。哎，我怎麼可能把我的貓託付給不善良的人呢？」

從我的角度正好可以看見A的前女友的側臉，她的表情看來有一種淡然與自信。

「這是妳送出的第幾隻貓？第六還第七？」

一陣無聲，看來A的前女友正在心中默數名單。「嗯，蜜兒是我送出的第八隻貓。」

「換句話說，妳已經交了八個男朋友了？」

「不，其中有兩個我沒送，因為他們對貓毛過敏，實在無法和貓相處，所以就不勉強他們了。」

這意思是說，A的前女友不只送貓給他，也送給所有的前男友？我心中驚詫不已，這是什麼計謀？她為什麼要這樣做？我捧著書，好半天也無法翻過一頁去。A知道嗎？不，我想他不知道，他曾經半驕傲半感傷地說過，他對前女友來說一定是獨一無二的特別，所以她才會把心愛的貓託付給他。他若知道自己與其他七個男人共同享有這「獨一無二的特別」，不知道會有什麼感受？

隔鄰兩個女人岔開話題，討論了一些養貓心得之後，再度又繞回送貓給男友這件事。

「我覺得我也應該學妳，在交往期間就想個辦法，把貓送給男朋友，這樣分手之後，他看到貓就會想到我。」另一個女人幽幽地說。

A的前女友微笑著點頭。「是啊，我的前男友們都忘不了我。」

原來如此。為了讓交往過的對象不要忘了自己，所以在兩人還甜蜜的時候就要先布樁，等到哪天分手之後，自己依然讓對方念念不忘。貓就像她的分身一樣，深入進駐男友們的生活，愛情雖然結束了，但她在對方的心裡不會結束。如此心機，也太深謀遠慮了。

然而誰不希望自己被溫柔地記得呢？愛過的人心裡一直有著自己，那是令人安慰的懸念。

只是那終究是一種算計，而愛情裡一旦有了人為的心機，也就失去了某種渾然天成的純淨。

再說，如果真心愛過，自然不會輕易遺忘。如果多年之後漸漸淡忘了，那也只能把一切過往留給從前。

我的朋友到的時候，A的前女友正好與她的朋友結帳離去。我看著她走出門外的身影，心想她走路的姿態真像一隻貓。也難怪A覺得她像貓一樣神秘，恐怕他從未真正了解她心裡在想什麼。

「妳在看什麼？」我的朋友問。

「沒什麼，只是一隻貓，已經走過去了。」我說。

在不告而別以後

把那件事再想一遍！

彷彿強迫症患者似的，每天一醒來，她就會對自己下這個指令，於是她的大腦迴路又開始了某種運作。

但她其實從來沒有得到答案，因為那與其說是一個事件，不如說是一團迷霧，她怎麼也看不清楚。

妳當然不明白了。她心裡有個聲音悄悄地說，妳又不是他，當然不知道他為什麼會不告而別。

然而大部分的時候，只要想到他，她的思緒都是混亂的，所以她就會一遍遍地苦苦思索，究竟是發生了什麼事，讓他會那樣不聲不響地離開？

三年的感情不是一朝一夕，結束卻是那樣一刀切開似的戛然而止。她甚至不知道那算不算是結束，畢竟兩人之間並沒有經過分手的過程，忽然之間就沒了。忽然。

而她就是弄不清楚，那個「忽然」究竟是怎麼回事？

前一天晚上，兩人還躺在她的沙發上，一邊溫存一邊計畫要一起去舊金山旅行的事，第二天他的電話就撥不通了。她想進入他的Facebook和LINE，卻發現自己已被封鎖。打電話去他上班的公司，他的同事說他一個月前即已離職。到他住的地方按門鈴，來應門的是一個陌生婦人，說前屋主上星期搬家了。

她覺得自己彷彿跌進了某個黑洞裡。他們幾乎天天都在一起，他卻沒有告訴她離職和搬家的事，舉止神色之間也沒有任何異常。為什麼會這樣？

一開始她只是擔心，會不會他出了什麼事？有什麼不能告訴她的苦衷？切斷她是不是不想連累她？

可是她從未聽過他有金錢或其他方面的煩惱，也是到這種時候，她才發現自己沒有人可以詢問，因為她不曾去過他的原生家庭，而且不認識他任何一個朋友！至於她自己的朋友，也沒有任何一個見過他。

當初認識他是在星巴克的偶遇，因為位子不夠而共用一張桌子，兩人都覺得是一見鍾情。她曾經為了這樣像電影一樣的邂逅而以為是命中注定，如今卻驚覺在這三年的交往期間，只是單純的兩人世界，沒有擴展兩人之外的人際網絡。而沒有共同認識的人，當有事發生的時候也就沒有支援系統。

這樣的感覺，就好像原本和他搭著太空船，在兩人的小宇宙裡飄浮前進，但他不知什麼原因不見了，只留下她一個人在孤零零的廣漠中，悽悽惶惶，不知何去何從。

她的高中同學小卷正好在這時為了開同學會的事來找她，被她的憔悴嚇了一跳。在小卷的追問之下，她一五一十地對小卷說了，還憂心地問小卷，她是不是該報警，請警方協尋？小卷搖搖頭，眼中一片憐憫。

「妳還擔心他啊？妳難道沒想過，這個人可能把妳甩了？他不但封鎖妳，而且辭職又搬家，變心得真徹底，還在妳面前繼續演戲，不讓妳懷疑。在我看來，他這樣處心積慮，其實就是不想當提出分手的那個人，所以乾脆不告而別，就這樣。」

「不是這樣……」她虛弱地抗議，但心裡有個小小的聲音在說，恐怕就是這樣。

「他叫什麼名字？寫給我。」小卷拿出手機，讓她鍵入他的名字。

她遲疑半晌，還是寫下他的名字。小卷很快地就找到他的Facebook，然後遞給她看，問：

「是他嗎？」

是他。他換了大頭照，背景在海邊，笑得很愉快。

「他今天才發了新的動態呢，看起來平安快樂，沒有被歹徒挾持。」小卷的語氣充滿揶揄，「還有，他正與Jenny穩定交往中。」

她不想再知道更多了，但小卷像偵探尋找更多的線索一般再進入那個Jenny的臉書，發現那兩人在一年多前就已有交往痕跡，許多張一起出遊的照片說明了他漸漸變心的證據。

她覺得心裡發寒，不是因為他移情別戀，而是自己一點兒也沒有察覺他的變化。

她還是每天早上醒來時會強迫自己把這件事再想一遍，但不是為了他為什麼不告而別，而是為什麼自己如此渾然不覺？

她究竟是做錯了什麼，讓他這樣對她？她不斷回想過去的相處，試圖找出種種蛛絲馬跡，愈想愈低落，一定是自己不夠好，否則別人為什麼要離開呢？

她沒有去參加高中同學會，而是一個人去了舊金山，她想也許走得遠一點，有了距離，可以把那些她想不清楚的事看得透徹一些。

她住在靠近漁人碼頭的一間小旅館裡，晚上常常聽到救護車的鳴笛聲由遠而近，再由近而遠，安靜的異國夜晚聽起來特別驚心動魄，特別淒涼，盈滿耳際，而她躺在床上，想著有某個人倒下了，被抬上擔架，送到醫院或天曉得什麼地方去，那樣的想像畫面總令她淌下淚來。好孤單啊。人生的許多時刻，都是這樣孤零零又血淋淋的，只有自己一個人可以面對。

不久前的某個夜晚，她和他還在計畫要一起來舊金山，那時的她怎麼也想不到，當時的他其實已經決定拋棄她了。她覺得自己也是被抬上擔架的人，卻不知道究竟要被送到哪裡去。

白天的時候，她漫無目的地走過一條街又一條街，總會遇見一些遊民，也不知為什麼，舊金山的遊民特別多，而她覺得自己彷彿也是其中之一，被這個世界遺棄了。

這天，她看到一個上了年紀的女人抱著一隻貓坐在地上，那個女人一身混搭的破爛衣裝，但胖胖的貓蜷縮在她的懷裡安睡，看起來被照顧得很好。一張硬紙板放在女人與貓的腳前，上面寫著：「I don't need anything, but my cat need food.」旁邊是一個讓人投下零錢的籃子。

我不需要任何東西，但我的貓需要食物。她不禁笑了，趨前在籃子裡放了一些零錢。女人定定望著她，燦然一笑，說：「Don't worry, everything gonna be all right.」

別擔心，一切都會好的。在這個瞬間，她被深深地觸動了。

就算無家可歸，就算一無所有，還是可以樂觀看待一切。這個世界並沒有遺棄誰，而是自己選擇要用怎樣的態度去面對這個世界。

那麼，她又何必為了一個已成過去的人而悲傷呢？

他用了最壞的方式離開，不告而別，讓被留下來的人自己去找答案，這是惡劣的沉默。她寧可他當面對她說「我不愛妳了」，那樣還乾脆些，這樣不聲不響地溜走算什麼啊？她發現自己並不了解這個交往三年的男人。

她的心裡漸漸升起了對他的憤怒，是的，她從來不曾真正認識過這個人，這個人其實是個對感情不誠實的人。他可以對她說清楚的，不需要用這種擺爛的方式。這種方式太傷人，她覺得自己被他狠狠踐踏了。遇人不淑，她必須對自己承認，這就是遇人不淑。

心理學家說，當人遭遇情感打擊之後，會有幾個階段的心理過程，最初是逃避與否認，再來是憤怒，而有這樣的情緒升起時，同時也會產生某種力量。她先前只是不斷反省自己做錯了什麼，對自己充滿了負面的批判，是直到這時，她才終於有一種恍然大悟之感，不是她的錯，也不是自己不夠好，只是她遇到了沒有好好對待自己的人。

於是她去搭了舊金山灣的渡輪，想以此做為某種重生的儀式。

當船通過金門大橋下的那一刻，她仰頭望著那巨大又偉岸的金屬建築，為人類的工藝可以達到這樣的成就而深深驚嘆。船駛離橋下之後，她才發現自己竟然淚流滿面，不是悲傷，而是感動。

這個世界這麼大，美好的景物這麼多，不快樂的事就忘了吧。

就算受過多重的傷，只要自己願意，都可以放下。

那麼，妳原諒他了嗎？她問自己。

不，他是不是被原諒並不重要，重要的是，我必須原諒我自己。原諒我曾經錯愛了不值得的人。她對自己說。

船緩緩駛過舊金山灣裡的鵜鶘島，這座島曾經用來關閉囚犯，島上處處可見黑暗時期的牢獄痕跡。她遠遠望著那峭壁深水，想著曾經有多少人進入這座島就沒再見過天日，心裡油然升起一股驚怖，還有對自己的慶幸。

至少她是自由的！她有絕對的選擇權來決定自己往後的人生，而她絕不會把自己關進怨恨的監獄裡。

風從遼闊的水面不斷吹來，吹落了她的草帽，她看著那頂帽子飛向天邊，忽然有一種說不出的快樂，她用力對天邊揮手，大喊著再見，再見……她想自己現在的樣子一定像個瘋婦，被風吹亂的長髮纏在臉上，而且還笑得那麼大聲，拚命對著一頂愈來愈遠的帽子揮手，但有什麼關係？她喜歡這樣的自己！

別擔心，一切都會好的。她不知道為什麼那個女人會對她說這句話，但她真的需要有個人這麼告訴她：只要妳願意，妳會好起來的，因為一切都是妳自己的選擇。

人生短促，她不會再把時間浪費在不值得的人身上。

如果別人對她不告而別，那麼她必須自己學著對過去告別。不告而別的都是別人，既然是別人，那麼就是必須放下的人。至於自己，才是永遠可以在一起的人。

再見，再見。她已對過去告別。

那頂帽子被吹向遙遠的彼方，終於看不見了。她閉上眼睛，感受著強風和豔陽一起灑落在身上的感覺。

靠近天空的地方

雖然就住在那座著名的摩天輪附近，但她卻從未乘坐過，甚至連「要不要去坐坐看呢？」的念頭都沒有。

摩天輪是跟著那個新穎時髦的商場一同興起的，商場剛開業時，只要消費滿一定金額就送摩天輪乘坐券，她每次都婉拒了。反正不會去坐，拿了也沒用。

但她其實並不討厭那座摩天輪，有時夜晚開車，在高速公路上遠遠地看見閃耀著繽紛色彩的摩天輪緩緩轉動的樣子，也會帶給她一種平靜的幸福感。因為這座摩天輪的存在，好像有些美好的想望也跟著轉動了起來。

不想坐，可能只是因為不知可以與誰一起乘坐吧。

她向來一個人慣了，一個人用餐，一個人旅行，一個人看電影，一個人回家，她其實很安於一個人的生活，但一個人坐摩天輪？這也未免太淒涼了。摩天輪是樂園的產物，一個人坐摩天輪要如何歡樂起來？只是更突顯了一個人的形單影隻吧。

雖然離婚之後，她也與幾個男人交往過，可是都不到可以親密地挽著手一起坐摩天輪的程度。或者說，是她不想和任何人進展到那樣的程度。她不願再把自己的情感毫無保留地交給別人了，前面那樁婚姻粉碎了她對愛的信任。所以不管和誰在一起，她都保持著距離，隨時準備抽身走開。

而摩天輪的車箱就像個密室，一旦坐上，除非轉過一圈無法逃走，形同被暫時軟禁，而且是懸空狀態，那種感覺大概只比被迫關在故障的電梯裡好一點。對她來說，可以一起乘坐摩天輪的人，必須是她能百分之百信任的人。

總之，她沒有乘坐摩天輪的理由和慾望，不管是自己一個人，或是和別人。

但是這天晚上，她還是與他一起坐了摩天輪。

＊

他是她婚前的男朋友，也是她所有的舊友中，唯一還有往來的朋友。

當年兩人分手後，曾經有很長的一段時間沒有聯絡；在這段期間，她遇到了另一個男人，結了婚，去了美國，離了婚，最後一個人回到台灣，人生繞了一大圈之後又重新開始，這其中心情說來話長，她自己都還沒整理清楚，所以更不想對任何人交代，因此所有的朋友都刻意斷了聯繫，以免有人問起過去，她不想回答，對方也尷尬。

但他是個例外。重逢那天也是純屬意外。

那天她心情特別沮喪，所以去租了一輛車，打算獨自走一段山路到海邊去散散心，誰知道卻在山道上與另一輛車擦撞，那是荒郊野外，她又剛回台灣不久，已經忘了該如何應對這種狀況，一時之間不知該怎麼辦？心慌意亂之下，當下她的腦海裡唯一記得的就是他的手機號碼，這成為她唯一能求援的對象，於是就抱著試試看的心情撥了那組數字，沒想到這麼多年過去他竟然沒換手機號碼，並且以最快的速度趕過來，替她處理了讓她不知如何是好的場面。多年未見的兩人在這樣的狀態下再見，他似乎一點兒也不覺得可怪，只是笑著對她說：「小事，別擔心，交給我就是了。」那種絲毫不見生疏的親和感，就好像他們昨天才見過面一樣。

那天後來是他開車帶她去看海。在海邊，坐看潮來潮往的浪花，她第一次在婚變的打擊之後傾吐出滿腔的悲傷。他只是靜靜地聽著，並且告訴她，以後心情不好時，不要一個人悶著，打電話給他。

她知道對他來說，她只是個需要關心的老朋友，畢竟兩人之間的愛情早已過去，如今只有友情。當年他就是個暖男，經過這些年，他的個性還是愉悅且溫暖。以前的她太年輕，不懂得一個男人好脾氣的可貴，但在與一個喜怒無常、難以捉摸的男人共同生活多年之後，她終於明白，若要選擇伴侶，個性其實比才華重要太多了。

然而兩人從前沒有走下去，現在更不可能了，因為他已有了論及婚嫁的女友。就算兩人都是單身，她也不認為情人的關係會比朋友更適合彼此。當年兩人之間無疾而終，純粹因為感覺淡了而和平分手，沒有第三者入侵，沒有誰負了誰，因此沒有傷心，也沒有怨懟，正因為這樣，他們才能回到朋友。

這天夜晚，她和他一起坐在摩天輪外的廣場上，兩人晚餐時喝了一些酒，此刻都有些微醺。她看著不遠處無人乘坐卻仍然緩緩轉動的摩天輪，不自覺地自言自語：「我從來都沒坐過這裡的摩天輪。」

他不可置信。「怎麼可能？妳不是就住在附近？」然後他站起身，輕快地說：「想坐坐看嗎？我去買票。」她還來不及反應，他就往賣票口走去了。

這時已接近午夜，正是摩天輪收工之前，入口前除了他們之外就沒有別人，於是彷彿是專為他們兩人似的，坐進其中一節車箱之後，巨大的摩天輪開始了當日最後一圈的轉動。

就在這個時刻，一個畫面閃過她的腦海。

＊

是在西雅圖，海邊一座荒廢的樂園裡，她的前夫告訴她，有一個女人在等他，兩人準備結婚，「所以妳別礙著我，快點滾出我的人生！」他的表情是一貫的冷漠，口氣則充滿了憤怒與嫌惡。

一時之間，她不能理解他在說什麼，因為先前完全沒有任何徵兆，前夫的個性雖然陰晴不定，但她從未想過他竟然會有外遇。況且他們正在度假，正在開車前往加拿大的路上，而他竟然挑了這種時刻來對她捅下一刀！

所有不解、悲傷與痛苦的情緒都是後來的事，當下的她完全愣住了，像被點化的石像一樣，不知該如何反應，只是怔怔地望著前方那座靜止的摩天輪，心想，如果還有人沒下來怎麼辦？這座摩天輪不知停用了多久，若有人被遺忘在靠近天空的地方，現在一定已成白骨一堆了吧……

此刻，望著車箱外緩緩下降的夜景，她恍然明白，先前不想坐摩天輪，是因為在潛意識裡，她害怕摩天輪會忽然停止，就像她的婚姻忽然結束一樣，她害怕自己會被遺棄在停止的摩天輪上，就像她的前夫冷酷地將她遺棄了一樣……西雅圖那座廢棄樂園裡的摩天輪，已成為她的潛意識裡一個悲傷的象徵。

可是現在的她就在摩天輪上，心裡沒有悲傷懼怕，也沒有怨恨悵惘。她已經很長一段時間沒有再想起她的前夫，以及他對她的種種虐行。過去都過去了。不管是美夢也好，噩夢也罷，過去的都已是幻夢，只有這當下才是真實。

然後她又想起，剛才他說來坐摩天輪的時候，她並沒有任何的遲疑猶豫，這是否表示，她的傷痛其實早就在不知不覺之間被時間治癒？是否她已經可以再度信任別人，也信任這個世界了？

至少身旁的他，是她可以信賴的人。她其實沒有自己以為的那樣孤獨。

摩天輪節節上升，一個美好的夜也漸漸愈來愈遼闊地開展在她眼前。她望著遠遠近近明明滅滅的城市燈火，心裡有一種難以言喻的感動與感謝。這個世界是如此美麗，但若要看到更遠的地方，就必須離開習以為常的地平線。

一如她要離開她的悲傷，就必須知道過去並不能將她的未來設限。

兩人乘坐的車箱來到了最頂端，也是這座摩天輪最靠近天空的地方。車箱像一個小搖籃，在空中微微輕晃。

「好快啊。」她說，「已經半圈了呢。」

「是啊，很快。一圈也不過十七分鐘。」他說。

才十七分鐘？她沒想到摩天輪的一圈竟是如此短促。此刻，她望著窗外的天空，心想若是就這樣暫停在這裡多好！她希望能在這最靠近天空的地方多待一會兒，看向更遠的遠方。就算摩天輪真的就這樣停了，她也不會再害怕了。

他並不知道她此刻的百感交集，只是拿著手機不停地拍著車箱外美麗的夜景，並且舉起手機對著兩人自拍。「來，我們笑。」他說。她靠著他的肩，兩人一起望著鏡頭微笑。鏡頭裡的他們看起來愉快且親密，就像以前彼此還是男女朋友時一樣。

他是多麼好的一個男人啊，溫暖善良，如果當年與他一起走下去就好了，她的人生就不會有後來那些苦痛與悲傷。

時光可以倒流嗎？此刻，她有個衝動，想轉過頭去吻他，也許那樣會產生魔法，讓時光回到從前。那時她有明亮的雙眸，對人生充滿希望與信任。

可是她終究沒那麼做。時光當然是無法倒流的，過去都過去了啊。壞的過去了，好的也過去了。曾經傷心的過去了，曾經甜美的也過去了。她的婚姻過去了，婚前的戀情更是早就過去了。

摩天輪總是不斷地回到原點，但人生無法重來，只能向前走，並且不斷地把過去拋在腦後，什麼也不能留戀，更無須回首。她知道的。

轉過最高處之後，他們所乘坐的車箱開始緩緩下降，她悄悄閉上眼睛，對過去告別，也對過去的自己告別。

這是最後一圈的摩天輪了，在他們離開之後，摩天輪也將靜止不動，但到了明天，它還是會轉動起來的。就像她曾經失落的心，再度轉動起來一樣。

告別

他們從小一起長大，是青梅竹馬，是惺惺相惜的知己，同時也是彼此的初戀。

他們共同度過許多美好的日子，一起讀書，一起旅行，一起留學，一起回鄉，也一起布置一個舒適的家，無論做什麼事，總有對方陪伴。他的存在天經地義，她從不懷疑這樣的幸福會永遠延續下去。

而在當了二十多年的戀人之後，兩人終於決定結為夫妻。

本來他們都覺得，只要相愛，是不需要那紙結婚證書的，但在兩人一起看了一部討論生死的電影之後，他有感而發地對她說：「將來如果有一天，需要有個人為我決定是否急救時，我希望那個人是妳。」而要有這樣的權利，她必須是他合法的妻子，所以，他們去註冊結婚，成為法律上的伴侶。

後來回想起來，她不禁有種驚怖之感，是不是在冥冥之中，他對未來的發生有著隱隱的預感？

其實癌細胞已經在他體內蟄伏並蔓延許久了，那個時間必然比他們一年半的婚姻更長，但歡歡喜喜地在結婚證書上寫下彼此的名字時，誰也不會想到，相愛了一輩子的兩人，當夫妻的日子竟是如此短促。

在那個決定生死的瞬間，她還是呼喊哀求著請醫護人員務必急救他，她不忍他痛，更不能接受他就要這樣離開，如果可以，她願意為他承受一切苦痛，甚至代替他死。人生最艱難的時刻，就是眼睜睜看著心愛的人受苦卻束手無策，無法為他分擔一絲一毫，在這樣的當下，她只覺得天正在塌陷，而她的心早已裂成碎片。

然而，縱使經過數次的急救，她還是留不住他，他還是走了。

生死是人力與上天的拔河，勝負懸殊。就在那一線之間，從此天人永隔。

在此之前，她從未經驗過親近的家人朋友的死亡，一旦與死亡交手，對象就是她的至愛，這樣的悲痛太巨大。而在現實上，她發現自己也被淹沒在一堆有待處理的事項中，只是為他找一張靈堂上要懸掛的照片就讓她心力交瘁，那堆滿一桌子的照片，每張都是他，每張也都不是他。以前做任何事都有他陪伴在旁，現在要獨立完成他的喪事，種種細節都是對她的考驗。最後她終於挑出一張他們一起去杭州時，她在西湖畔為他拍的照片，照片裡的他正回過頭來，側臉望著她，那眼神彷彿在問：沒有了我，以後妳怎麼辦？

她也在想，沒有了他，以後的她還是她嗎？

但她為自己難過的少，為他悲傷的多。他還那麼年輕，想要做的事情還有那麼多，卻這樣忽然撒手人寰，她知道他有多遺憾。朋友們都說他是那麼好的一個人，對人對事向來只有寬容，從不批判，實在沒有道理這麼早就離開……這樣的話語並沒有讓她感到安慰，只是更低落而已。

到戶政事務所去為他辦理除籍的那個下午，她特別難過，原本活生生的人，現在成為國家紀錄上的一個「歿」字，曾經存在的一切從此一筆勾銷，這太令人難以接受。辦事員快速且熟練地完成了他的工作，不帶一絲情感，這樣的專業並沒有錯，卻讓她的哀痛更無以復加。

離開戶政事務所之後，她茫然四顧，一時不知何去何從。其實有許多待做的事，但此刻她提不起任何力氣去做任何事。不知不覺間，她來到他過去所待的醫院。

他住過的病房現在是空的，在徵求護理人員同意之後，她進入病房，躺在他曾經躺過的床上，試圖體會那些日子裡，他是什麼感覺。整整五個月躺在這張小小的床上，被限制了一切行動，任醫護人員和打掃阿姨進進出出，沒有個人隱私，很難捱吧？縱使如此，她還是希望時光能回到他還在世的時候，讓她可以握著他的手，偎在他的身邊，感覺他的體溫，他的心跳，他的呼吸，感覺他還活著……

如果上天可以給她一個那樣的下午，讓他回到有他的世界，她願意以餘生的所有去交換。只要一個下午，那樣就好。

她下了床，拉上床邊的簾子，假想著他還躺在裡面。她就這樣靜靜地坐在床邊，任時間像流逝的沙漏在她周圍堆積掩埋。

這個沒有他的世界，終究將是她餘生必須待著的地方。她要如何才能忍耐著把剩下的日子過完呢？

過去兩人常常在假日一起去散步的海邊，現在只有她一人孤獨地逐浪。她望著一望無際的大海，心想眼前這片海洋再怎麼廣大總有彼岸，但生死相隔兩茫茫，她怎麼樣也到達不了他所在的地方。

她也還是會去以前常常和他一起去的餐廳，坐在習慣的窗邊的位子，點了一桌菜，都是他喜歡的。其中一道魚香茄子，他每回必點，她曾立誓要做出味道一模一樣的魚香茄子，但不諳廚藝的她嘗試了多次還是做不好，也就放棄了。現在她一個人獨食著這道菜，淚水簌簌流著，喉嚨裡都是哽咽的味道。

曾經都是兩人一起去逛的超市，如今只有她一人推著購物車前進，她必須不斷提醒自己，現在已經不是兩個人的生活，東西要買單份。但每到結帳的時候才發現，她還是不知不覺地拿了許多他過去所使用的東西，他的男性洗髮水，他慣用的牙膏，他看運動比賽時常喝的啤酒……她不忍把這些東西放回架上，只能全部買下帶回家，心中滿滿都是難以言喻的悽愴。

她吃不下，睡不著，總覺得四周都是流沙，而自己正在漸漸滅頂。她知道自己已在憂鬱症的邊緣，她必須自救，否則就會一直沉下去。但什麼是那條可以讓她拉住的繩索？

她報名參加了一個寫作課，卻在課堂上做書寫練習時淚流不止，淚水把紙頁都沾濕了，讓她再也寫不下去。其他同學都在振筆疾書，沒人發現她的異狀，但老師看見了，悄悄走過來，彎下身來給了她一個久久的擁抱。那樣無言的陪伴讓她感覺到某種寧靜的力量，她漸漸感到安心，也慢慢止住哭泣。

下課後，她和老師說了很久的話，把她這段期間的種種痛苦悲傷傾洩而出，老師專注地聆聽，表情和眼神都是全心全意的關懷，讓她覺得自己的心情是有人懂的，她並不孤單。

「去用心生活，然後把妳的心得寫下來，妳可以寫妳心裡的悲傷，但更重要的是把注意力放在外面，去發現並記錄生活裡種種細節。天天都要寫，好嗎？持之以恆，妳一定會看見某些改變的。」老師給了她一份專屬的回家作業，並且也再度給了她一個溫暖的擁抱，微笑著說：「要相信，文字是有能量的。也要相信，妳會愈來愈好的。」

於是她開始天天寫日記，把傷痛與混亂的心情用文字收集起來，同時也刻意用文字去整理那些發生在外在的一切。

那些事本來就像輕煙，只是在她眼前飄過而已，但一旦用心去看，再用文字寫下來，就有了不一樣的深刻感受。

例如經過十字路口的時候，看見坐著輪椅在賣口香糖的殘障人士，她心裡不禁有些悽惻，卻還有更多的感觸，因此她寫下：「也許他還要養家，也許他家裡還有年幼的孩子。我的苦或許一個念頭就可以轉化，他的苦卻是貧窮與殘疾的如影隨形。」

例如在捷運上的時候，一個年輕媽媽帶著一個年幼的孩子坐在她的對面。那小女孩很可愛，她忍不住盯著看，小女孩害羞地把臉藏進媽媽懷裡，卻又偷瞧著她，忽然就咯咯笑了起來，瞬間讓她有被治癒之感，因此她寫下：「我想，那是天使藉由一個小女孩的笑容送來給我的祝福吧。」

例如走在黃昏的天空下，她看著滿天彩霞，想著不久後就會星光蔽天，到了明天又是旭日東升，頂上的這片天空一直在流轉變化，人世間不也如此嗎？因此她寫下：「天上與人間都是不會停留不動的，所以，也沒有什麼是過不去的。」

她照著老師說的方法，把注意力轉向外在，去發現並記錄生活裡的種種細節，這樣確實可以移轉內在的悲傷，她確實有些改變。雖然想起他的時候，她還是會淚流，但她已經明白，自己是有能力復元的。

現在去超市採買，她偶爾還是會有失神的時候，不小心就把他常用的洗髮精或他常喝的啤酒放進了購物車，發現之後，她只是默默地把東西放回架子上，心裡不會有太多的波瀾。要習慣他不在的日子，她知道路還長。

到過去常去的餐廳，她還是會點那道他最喜歡的魚香茄子，但也會點一些以前沒嘗試過的新菜，慢慢地吃出了一個人安靜的滋味。能成為一起吃飯的家人，這是多生多世修來的緣分，但再深的緣分也有時限，人終究是單獨的存在，當回到自己一個人的時候，她必須把自己照顧好。

她可以感覺到自己的內在正在慢慢生出某種力量，好像有一株翠綠的小植物在悄悄冒出芽來。她還不知道那是什麼樣的植物，會開出什麼樣的花，可是她願意期待。

這天夜晚，她走過一處巷弄，看見一隻胖胖的虎斑貓坐在矮牆上，安靜的模樣形成一個可愛的剪影。她停下來，輕輕撫摸貓的額頭，牠瞇上眼睛，發出呼嚕嚕的聲音。

然後貓開始說話，一邊呼嚕嚕，牠一邊說：「妳看，月亮是藍色的。」

她抬頭看著天空，一輪明月正在夜空中發出藍色的光芒。「嗯，月亮是藍色的。」

貓依然瞇著眼睛，但她覺得自己彷彿被牠看透了。

「當月亮變成藍色的時候，不管是許什麼心願都會實現的。」貓好整以暇地舔了一下爪子，慵懶地說，「所以現在妳可以許願喔，讓他回來。」

她想了想，搖搖頭。「我已經接受他離去的事實，所以，該是放下的時候了。」

「這樣啊。」貓沒再說什麼，眼睛瞇得更深，開始打盹。

直到這時她才想起，貓應該是不會說人話的啊，所以，這是夢吧？

然後她就醒了。果然是夢。

她躺在床上回想著夢境，心裡有一種奇異的感受，像是一場漫長的告別之後，終於來到真正的終結。

她知道這不只是對他告別，也是對過去的自己告別。

夢醒之後的清晨，她驅車來到過去常常和他一起散步的海邊，望著眼前一望無際的大海，她在心裡跟他說：你所去的彼岸，有一天我也會去，那時我們會再相見的，而在此之前，我會把一個人的日子過好的。

然後她回過頭，看著沙灘上自己一路走來的單人腳印，再回過頭來看著滾著浪花的前方，心想，從今以後，真的就是自己一個人了。

我會好好走下去的。她默默地答應自己。

此刻，她沒有哀傷，心裡只是一片無限的平靜。

謝謝，
關於那些好的與壞的

存在與不存在的

那年，她二十七歲，在淺水灣度過了失戀後的那個冬天。每個星期六早上，她開車來到那幢海邊的房子，一個人安靜地獨處整個週末，直到星期日晚上再開車離去。

那幢房子在臨海的小山丘上，有一個小小的院子，院子裡有一棵非常漂亮的欖仁樹，樹幹上掛了鞦韆，她常常坐在鞦韆上輕輕搖晃，眺望著不遠處的灰藍色海面，讓自己沉浸在某種無我的冥想裡。她也常常走到海邊，沿著沙灘慢慢散一段長長的步，看著浪花去而復返，成住壞空，不斷輪迴，像是看著生生滅滅的無常。

她的好友E說得對，她需要一座海洋給予的慰藉和領悟，來幫她度過失戀之後的痛苦時光。

那幢房子是E的男友J買的，為的是兩人偶爾在海邊度假用，室內小巧溫馨，小倆口還把隔間全部打通，成為一房一廳一衛的開放式空間，並且做了一個小小的中島廚房。除了浴室，全都鋪了原木地板，牆壁則漆成溫暖的黃綠色。這是個很舒服的地方，充滿療癒的能量，正適合修復她受傷的心。

「可是妳把這房子借了我，你們要來的話怎麼辦？」

「沒關係，我們本來也就不常來，而且妳的失戀總有復元的時候，那時再還給我們就好。」Ｅ說著就把鑰匙遞給了她，同時還給了她一個擁抱。

她深深感謝Ｅ的一番好意，也希望自己快快從低落的心情中平復，於是每個不上班的日子，她都會到這裡來小住。她的工作是電視台的行銷企劃，平常十分忙碌，正好填補了所有可能胡思亂想的時間，但也因為壓抑悲傷的緣故，常常都有快要承受不住的感覺，於是每個星期六、日來到這裡放空發呆，紓解情傷，就成為了一種必要的平衡。

她原先並不知道這場失戀竟會讓她這麼難過。這段感情走了七年，從大學二年級到現在，什麼都經歷過了，而最後的分手是兩人共同的決定，因為彼此都承認對於對方已沒有愛情的感覺，與其為了結婚而結婚，不如尋回各自的自由。話雖如此，但這終究是一場痛苦的斷捨離，她這七年來的人生和這個人息息相關，與對方之間一旦回不去，生命中的許許多多也就跟著喪失。所以讓她痛苦的或許不是失去一個人，而是因為失去一部分的自己。

無論如何，她正在經歷回到一個人的狀態，在其中重新建構一個新的自我。她並不知道這段時間需要多久，只知道自己正在慢慢復元的漫漫長路上。

一段時間過後，E告訴她，J也把房子借給了他的一個朋友，可是她不用擔心，因為那個朋友是在週一至週五過來，正好與週六與週日過來的她錯開，所以她仍然可以保有完整的空間。

「噢，那個人也失戀了嗎？」她隨口問。

「不，他借我們的房子是為了需要一個安靜的地方專心寫小說。」E笑了起來，「他說在這裡連電視也沒有，正好可以斷絕一切誘惑，假日時再回到五光十色的城市裡去放縱。」

「所以他是個作家？」

「算吧，可是是個不出名的作家。他出過一本小說集，據說連一刷都沒賣完，如果妳有興趣，我把他的書找來給妳看看。」

她微笑搖頭表示婉拒。不，她只想保持某種安靜與低調，並不想耗費任何能量在不相干的人事物上。

但她很快就發現，他的存在感以一種沉默的方式在她的世界裡侵城掠地，令她無法忽視。

首先是浴室裡洗臉台上多了陌生的牙刷牙膏，還多了刮鬍水和刮鬍刀，毛巾架上掛了從未見過的深藍色毛巾，與她的粉紅色毛巾並排在一起。再來是冰箱裡出現了她從不喝的啤酒，和她從不吃的洋芋片之類的零食，茶几上也出現了她從不看的運動類雜誌，以及她從來沒玩過的魔術方塊之類的小玩物。尤其是衣櫥裡那幾件男人的T恤與外套，更擺明了這個空間除了她還有另一個男人存在的氣息。

她原先有些不自在，但慢慢也就習慣了。畢竟不是自己的屋子，想太多就太超過了。

有一天冰箱上出現了一張紙條，以磁鐵吸附門上，紙條上是一行龍飛鳳舞的字：「昨天深夜忽然一陣飢餓來襲，抱歉吃掉了妳的蘇打餅乾。」下面還有P.S.：「這個牌子另有一種青蔥口味的也很好吃。」

過了一星期她再來的時候，冰箱裡出現了一包青蔥餅乾，門上則是另一張紙條：「嘗嘗看。」

她無法拒絕這樣的好意，配著茉莉花茶吃了半包青蔥餅乾，再把剩下的半包連同花茶茶包一起放入冰箱，也用紙條回應：「謝謝，配茶更好，請享用。」

從此冰箱成為兩人分享食物的小密室，她會刻意把一些自己喜歡的糕餅點心放進去，也會好奇他下回又帶了什麼樣的東西給自己。門上的紙條也開始會交代一些食物以外的瑣事：

「前天晚上停電，我買了一把手電筒備用，放在第三個抽屜裡，停電時記得拿出來用。」

「廚房的水管有點漏水，使用完後請記得關緊。」

這樣的聯繫簡直像是家常夫妻的生活對話，讓人產生某種錯覺。有時她在浴室裡刷牙，看著另一把牙刷，會恍惚覺得，自己是這屋子的主婦，丈夫上班去了……待一回神過來，她總是悚然一驚，天啊自己在想什麼哪！當她坐在沙發上看書的時候，又彷彿感到對面那張椅子上有個男人正坐在那裡喝啤酒看運動雜誌……躺在床上的時候，她總是忍不住要想，他也是睡在這裡的，他會打鼾嗎？曾經失眠嗎？會做什麼夢呢？……

那張床重疊了她與他的溫度，這間屋子累積了她與他生活的痕跡，他們在同一個空間裡卻不在同一時間裡，對彼此而言既存在又不存在，這樣的關係既疏離又親密。

她意識到自己有些微妙的分心了，哎，她是因為失戀才在這裡的，可是現在她卻會開始想像從未謀面的他可能的樣子。她對這樣的自己有些不安，因為現在的她是不該對任何人產生期待的。

某天她蹲在浴室裡清理自己掉落的髮絲時，看見洗手台下的角落裡有個東西，她撿起來一看，是一管陌生的口紅，那不是她會用的顏色。她心中瞬間一沉，上星期她也清理過浴室，那時並沒有這管口紅，換句話說，這是來拜訪他的某位女性不小心遺落的。

她在屋子裡走來走去，說不出的心煩意亂，決定去海邊走走。這時已是深夜時分，天空下著細雨，又濕又冷。她出門時看見他的風衣正掛在門口的衣帽架上，也不多想就穿上了。

夜晚的海邊朔風野大，迎面而來的細雨沾濕了她的頭髮，她把雙手插在風衣口袋裡沿著浪花的邊緣往前走，盈耳都是潮來潮往的濤聲。這個世界如此喧囂也如此寂靜。她的內心深處湧起一種荒涼的孤獨，覺得自己彷彿是天地之間的過客，沒有什麼可依靠，也沒有什麼可擁有。

他的風衣鋪了法蘭絨的內層，而且他顯然很高大，長度足以蓋住她的小腿，穿在身上確實溫暖，但這件衣服畢竟不是屬於她。

那天從海邊回來，洗完濕髮泡在浴缸裡的時候，她心裡下了一個決定，該是離開這幢房子的時候了。她該做的是好好自我修復，而不是再掉入另一個情感的漩渦。

下一個星期六，她專程來收拾東西時，冰箱上有他留的紙條，上面寫著：「北海道夕張的哈蜜瓜巧克力是我姊帶來的，請幫我消滅它！P.S.：我姊找不到她的口紅，她一口咬定一定是掉在這裡，妳有看到嗎？」

原來來拜訪他的那位女性是他的姊姊啊，她心中旋緊的什麼悄悄一鬆，可是同時也立刻意識到，他的存在已在不知不覺之間掌控了她的心思和她的情緒。這樣太危險了！她本來是來療傷的，禁不起再多一道傷，也犯不著再多這道傷。在這道可能的傷可能發生之前，她必須掐斷這個可能。

但那管口紅到哪裡去了？她找了半天，終於想起那天她順手就把它放進他的風衣口袋裡。她收拾完自己的東西，把口紅放在浴室的洗手台上，一句話也沒留，然後就離開了。

多年以後，她坐在一間咖啡廳裡，隨手翻一本文學刊物時，讀到一篇散文式的小說，內容是一個男人借用朋友的房子寫作，在日積月累的幻想中漸漸愛上了另一個也借用同樣的房子但從未謀面的女人，後來她沒有說再見就忽然離開了，從此成為他的懸念。這篇文章也許寫的是某種朦朧的情感，但她讀得出來，作者更想表達的是一個人單獨面對自己時那種荒涼的孤獨。

她讀完了才回頭過去找作者名字，是的，是他的名字。她笑了，卻不能抑止地流下淚來。不是因為傷心，而是因為一種謎底在多年之後揭曉的了然。

他對她確實也是曾經有過某種情愫的，只是一切在還來不及發生之前就結束了。

*

她告訴我這個故事的時候，我們正在海邊散步。雖然已經是很久以前的事，但她在訴說的時候，臉上依然有著甜美中帶著感傷的表情，像是回到了二十七歲那年的冬日海濱。

「妳後悔過嗎？本來可能是另一種結局的。」

她搖搖頭。「我那時很脆弱，才剛剛要從前次的失戀中慢慢復元，並不適合再展開另一段感情。那時對我來說最重要的並不是遇到別人，而是找回自己。所以，我無法後悔，也終究是錯過了。」

我明白。許多事是無法後悔的，也無須後悔，因為誰也不知道做了另一種選擇是不是會更好。

「如果是在另一種時空之下遇到他，也許會是一場很美好的發生。」她沉默了一會兒，又說：

「但現在回頭再看，什麼都沒發生其實也是另一種很美好的發生。」

確實如此。有些時候，有些事情，就是因為沒有開始，所以也不會有後來的敗壞和必然的結束，才能在回憶裡保持那種未曾被現實摧殘的純粹。而那樣的純粹，在經歷過大風大浪之後的人生回頭再看時，彌足珍貴。

我們沿著浪花的邊緣繼續往前走，看著眼前的浪花不斷去而復返，彷彿成住壞空的不斷輪迴，而我在想，雖然過去的事都像夢了，但這片滄海總是真實存在的。

心意

那年，他和她，還有小白，一起進入那家公司。因為都是剛剛進入社會的新人，三個人就自然地走在了一起，中午往往相約了去吃飯，下班後也會作伴去看電影或小酌。

這在他是很難得的，長長的大學與研究所時期，他一直獨來獨往，從沒與誰靠得特別近，現在他有了兩個可以信任的朋友，因此也就分外珍惜。以前他一直以為自己不需要朋友，現在才知道，那只是心理上的武裝，只是因為沒有遇到真正喜歡的人。他有點像是回過頭去重拾學生時代的心情，與她和小白在一起的時光，總有些像是走在校園裡那種青春明淨的感覺。

只是後來，這樣的感覺悄悄變了。

如果可以的話，他希望什麼都不要改變，但他控制不了自己心裡的變化，那是對她的情意。

她總是把一頭長髮紮成馬尾，小小的臉上卻有著濃眉大眼，安靜的時候讓人猜不透她在想什麼，笑起來卻又是所有的雲霧瞬間都化開了。他喜歡她的笑容，她的眉眼，喜歡走在她的身後看她的馬尾晃來晃去，喜歡她自然不造作沒有公主病，喜歡她叫他名字時那甜甜的上揚的尾音。他發現自己不知從什麼時候起，每天早晨醒來第一個想到的人就是她，他在整個大學與研究所時代沒有對任何一個女同學動過心，所以一時還真不能確定，這就是愛情的感覺了嗎？當他發現每天晚上入睡前總是得克制打電話給她說晚安的時候，他終於確定，對，他是愛上她了。

但他隱藏了自己的心意。

一來是因為他們總是三人同行，與她單獨相處的時間不多，二來小白對她顯然也有好感。

小白幽默開朗，與個性內斂的他很不一樣，小白總是連名帶姓地喊她的名字，走路時攬著她的肩的動作也很自然，甚至會不時開她一些小玩笑，但他總覺得那其中有一種憐愛，比單純的友情多了一些些什麼。他想如果小白也愛著她，那是再合理不過的事了，畢竟日久生情，而她又是如此動人的女子。但除了她以外，小白是他最好的朋友，所以對於自己的心意，他最好保持沉默。

而她的心意又是如何呢？

她對他們兩人都很好，但還是有微妙的不同，面對小白，她的笑容似乎更自在，更開懷，但面對他的時候卻多了一些些矜持，或許也多了一些些溫柔，然而另一種解釋是，也多了一些些距離。

然而有時兩人聊起所聽的音樂，所讀的書籍，默契是那樣十足，喜好是那樣一致，他和她彷彿共同圍出了一塊只有彼此才能看見的光區，那是在一旁打呵欠的小白無法進入的領域。

但也有幾次，小白不在，他心裡有些話想對她說，卻一個字也說不出來，而她也顯得特別安靜，於是兩個人只是默默地走完一段路，就互道再見了。轉身離開之前，她看著他的眼神好似也是欲言又止，可是他不敢解讀。如果她喜歡的是他，小白會受傷，但她若喜歡的是小白，他無法否認自己也會感到受傷。

漸漸地，他對於這樣的三人行感到某種壓力，一方面他渴望維持現況，另一方面卻又想打破現狀；有時他想將她據為己有，有時卻又覺得為了友情他必須退讓。

他感到自己的內在正在慢慢地四分五裂，但表面上卻又若無其事。他厭惡這樣的自己。

於是當公司需要有人自願轉到高雄分公司去開創新局面時，他報名了，也順利入選了，因為那是個苦差，根本沒有人與他競爭。然而也沒有人懷疑他的理由，畢竟高雄是他的家鄉，回鄉打拚合情合理。

是在人事派令下來之後，他才告訴了她和小白這個決定，那是在他們常去的拉麵店裡，現場吵嚷得讓他不得不拉高聲音說話。當他們總算聽清楚他所說的之後，兩人顯然都很驚訝，但小白馬上就接受了，一下子嚷著說要找時間給他餞行，一下子又說台北到高雄搭高鐵不過兩個小時就到了，以後要聚還是很容易。而她則沉默不語，若有所思，面前的那碗拉麵，她幾乎原封未動。

小白說的那場餞行後來一直沒有舉行，因為他很快就被淹沒在一堆忙碌的公事私事裡了，他已在台北生活多年，雖然只是一個單身漢的家，但要把一個家結清總是千頭萬緒，還有高雄那邊也有許多事得交接處理，終於上任之後，新來乍到更是手忙腳亂，使他深刻體會什麼是分身乏術。而他想說這樣最好，忙到無暇再去思索其他，每天累得倒頭就睡，就不會想起她，不會有時間去感受某種深藏在內心的失落。

雖然高鐵只要兩小時，但高雄與台北畢竟是兩個生活圈，一旦沒有了工作與生活上的交集，彼此的往來自然也就淡了。本來與她和小白偶爾還會在LINE上互傳訊息，說些「努力吧」、「加油喔」之類不著邊際的話，後來也就慢慢沒聲沒息了。

他說服自己這就是自己要的，他離開了，可能有的傷害就沒了，但在內心很深的某個地方，他知道自己恐怕是犯了一個很大的錯誤。

而三年之後，當他接到小白寄來的喜帖時，不過是證實了這個錯誤。

喜帖上的新娘，不是她，卻是另一個他從來沒見過的陌生女子。

他壓下激動的情緒打電話給小白道恭喜，小白在那頭笑說，緣分來了擋都擋不住，與新娘認識才三個月，彼此都覺得遇到值得相守一生的伴侶，就決定相互套牢了。

「那……那她呢？我原先還以為……」他頭痛欲裂，簡直說不出話來。

「誰？」小白的語氣很莫名其妙，顯然不知道他在說什麼。

他輕輕說了她的名字，小白在那頭停頓半晌，長嘆一聲，終於說：

「兄弟啊，你真的是個傻子！我和她從來沒有什麼，因為全世界都看得出來，她喜歡的那個人就是你。」

小白說，當初自己對她不是沒有好感，但發現她的眼中只有他時，很快就放棄了追求的可能。

小白說，向來不介入朋友的感情是自己的原則，所以在那段三人行的時光裡，自己避免了私下與他談論她，或是與她談論他，這樣才能愛情歸愛情，友情歸友情。

小白說，三年前他轉調高雄，理由是為公司開創高雄分公司，並就近陪伴父母，身為他的朋友，也樂觀其成，所以其他就沒多問。若知道他是為了友情犧牲愛情，說什麼也會攔著他。

小白說，他離開台北之後，以他為核心的三人小組自然也就散了，而且她不久後也轉調了部門，在公司裡難得遇到，所以對她的近況所知不多。

「但我也發了帖子給她，她有打電話給我，說她會來。」小白說。

放下電話後，他輾轉難眠，夜闌人靜中面對孤獨的自我，終於不得不承認，過去他一直在自我逃避。他以為遠走高雄是避免了一個僵局，到頭來才發現，他不敢面對的，始終都是自己。

那麼，要挽回那個錯誤，還來得及嗎？

對不起，過去我逃避了自己，不敢面對自己真實的感情，因此錯過了妳。但這些年來，我其實從未忘記妳，而現在，我希望不再逃避自己真正的心意。所以如果一切還來得及，我們可以從頭開始嗎？

他帶著想對她說的話，北上參加小白的婚禮。

是的，他看見了，就在他進入會場，與一堆前同事寒暄的時候，她悄悄地出現在一旁。他一轉過頭來，就看見她那張熟悉的臉。

「嗨。」她微笑地望著他。

「嗨。」在這一瞬間，他覺得她比他記憶中更動人，卻也是在這一瞬間，他忘記了所有想對她說的話。

因為她身旁有另一個男人，而她的手正挽在那個男人的臂膀之中。

＊

「後來呢？」我問。

「後來？」他苦笑，「後來我在小白的婚禮上喝醉了，經歷了這輩子最可怕的宿醉。其實我沒喝多少，但也不知怎麼會那樣難受，全部的腸胃都翻攪在一起。我先前已經在舉行婚禮的同一家飯店訂了房間，那天後來發生的事都不太記得了，只記得醒來的時候，整個人是躺在飯店房間的浴缸裡，狼狽極了。」

「所以你後來也不曾把你想說的話告訴她？」

他看著我，眼神黯淡。

「我要怎麼說？她身旁已經有人了。」

「但我覺得，只要她還沒結婚，你就還是應該讓她知道你對她的感情。」我說，「先前你已經逃避了自己的心意一次，不該再逃避第二次。她接不接受是其次，重要的是，你必須面對自己。而且，你知道嗎？你還欠她一個道歉。」

他沒說話，但眼神裡充滿問號。

「愛情是不能禮讓的，她不是一個包裹，而是一個有獨立思想與感情的女人，而你卻以友情為藉口，把她讓給了別人。你不覺得，這對她來說是一種傷害嗎？」我本來想說，天啊，你真的把感情處理得好糟糕啊！但看到他失落的表情，又不忍地把話嚥了回去。

他已經為了自己的錯誤而受了很深的苦，我想我就別再落井下石了。

「總之，也許現在還不晚。」我放緩了語氣，「你不說出自己的心意，也沒聽她親口拒絕你，怎麼知道來不及了？」

他默默點了點頭。

＊

後來呢？你問。

後來他打電話約她見了面，就在他們過去偶爾會去的一間小酒館裡，他把自己當年對她的情感、內心曾有的糾結與矛盾、後來避走高雄的原因、這些年來的惆悵與悔意，還有那天在婚禮上看到她身旁有別人的痛苦心情，全部都原原本本、毫不隱藏地告訴了她。

她安靜地聽著，眼眶漸漸紅了，卻是一開口，淚就掉了下來。

「能聽到你說這些話，我覺得一切都值得了。」她說。

然後她告訴他，因為先前也不知哪來的謠言，聽說他在高雄已經有了論及婚嫁的女友，她害怕在婚禮上看見他擁著別人，形單影隻的自己會太難過了，所以找了一個閨密的男友來陪伴自己出席。

所以經過了這一番波折之後，他和她終於在一起了嗎？你問。

是的，他非常珍惜這份得來不易的感情，而他現在的煩惱，是如何維持遠距戀情。

至於我想藉由他的故事來告訴你的是，如果真心喜歡一個人，就不要隱藏自己的心意。更不要違背自己，不要為了友情而委屈了愛情。

來日方長

冷清清的月台上，只有她與另一個女人。不久，列車緩緩進站，車門打開，她跨了上去，整節車箱空蕩蕩，只有她一人。車門關上，列車準備繼續往前行駛，她轉頭看向車窗外，發現那個女人並沒有上車，還孤伶伶地站在月台上，長髮遮去半邊的臉，身形薄如紙片。可是這是末班車了，沒搭上這班車，就會被永遠遺落在時間的夾縫裡了……她忽然非常為那個女人著急，一邊大叫快上車快上車，一邊試圖打開車門，但來不及了，列車已經緩緩往前駛去，而那個女人依然無動於衷地佇立在原地，只是抬起空洞的雙眼瞟了她一下，於是她這才看清了那個女人的臉。啊，原來是自己！自己還在月台上，等著永遠不會進站的下一班車……

醒來之後，很長的一段時間，她躺在床上，情緒還停留在夢裡，感到非常非常寂寞，空虛的寂寞。

獨自佇立在沒有下一班車的月台上，這種被全世界遺棄的感覺，並不只是夢裡。人生有時與噩夢其實沒什麼差別。

她終於起身進入浴室，站在鏡子前看著自己的臉，是一張和夢裡的女人一樣沒有表情的臉，眼神空洞得令她自己都覺得驚駭。當然空洞了，她瞪著鏡子裡的女人，妳沒家庭，沒朋友，沒青春，沒希望，妳的人生活到現在一無所有，不空洞才怪。

她打開水龍頭，彎下身去用清水一遍遍地沖臉，忽然覺得心跳加速，呼吸困難。喔，不，恐慌症又要發作了嗎？她腿一軟，跌坐在浴室地板上，強迫自己一遍又一遍地深呼吸，慢慢地鬆開那種焦慮引發的心悸與窒息感，而水龍頭的水還在不斷地流，流回不堪的從前。

她也曾經是個天真愛笑，眼神明亮的少女。如果沒有遇見他，現在的自己應該會過著完全不一樣的人生吧。

＊

認識他的時候，她才剛過二十歲，正在讀外文系三年級。

他是她打工公司的老闆，大她十歲，一表人才又風度翩翩，無論人生閱歷、器度與眼界，都不是學校裡那些相形之下太稚氣的男同學可以比較的。

過去曾經對她示好的男孩不少，但這回不一樣，他是個男人。

在他有心的追求之下，愛情經驗有如白紙一張的她不禁動心了。扣除中學時代那種連手都沒牽過的含蓄的情愫，這是她第一次真正的戀愛。第一次牽手，第一次親吻，第一次兩個人一起去旅行，第一次有了男女之親。生嫩的她因為沒有經驗而羞澀不安，但他很能撤除她的心防。「妳要信任我，親密關係就是信任。」他總是這麼說。於是，她放下一切，把自己交給他。她想，這就是愛，就是信任，愛他就是信任他的帶領。

然而他不但沒有把她帶到天堂，反而把她拖進了地獄。

有一天，一個氣勢洶洶的女人來到公司，直走到她的座位前就是劈頭劈臉地一陣暴打。她反應不及，完全不知這是怎麼回事，只是茫然地承受著那些落在自己身上的拳腳。其他人都退在一旁遠觀，竟然沒有任何一人來拉住那個失控施暴的女人。

後來她才知道，那是他的妻子。

再後來，更多事實慢慢浮現，她才知道，這不是他第一次出軌。公司裡所有的人都知道他已婚，只有她被矇在鼓裡，而當他妻子在對她施暴的當下，他不但沒有對她伸出援手，反而一聲不響地悄悄溜走避風頭去了。

她身心受創，在床上躺了三天三夜，等著他來給她一個解釋，但他無消無息。

第四天，要好的同學來看她，帶來了更多的壞消息。因為他的妻子到她就讀的學校去告狀，鬧著要學校把她退學，所以大家都聽說了她發生了什麼事。

她感到心跳加速，呼吸困難，頭昏目眩，反胃想吐，她的樣子把同學嚇壞了，硬是拖著她去看醫生。醫生說這是心因性的恐慌症，必須好好靜養。

她當然不可能再回去上班，也無法到學校去上課，她連出門都不敢，因為只要一跨出門去，她就覺得種種譴責、嘲諷與奚落的眼光像箭一樣射在她身上。

然而她想安靜地躲開全世界都不被允許，因為法院來了傳票，她被他的妻子控告妨礙家庭，而且是刑事民事一起提告。

傳票是寄到戶籍所在地去，這下連她的家人都知道這件事了。

她的父母都是高中老師，向來保守嚴謹，從沒想過人生會與法院發生關聯，而且還是因為他們心目中品學兼優的女兒成了別人的小三而挨告，這是青天霹靂的打擊，把她的家劈成一片愁雲慘霧。她的母親病倒，父親到台北來看她，才知道她因為曠課過久，已經被退學了。

她永遠忘不了一夜白髮的父親在她的租屋處裡走來走去幫她收拾行李，

那時而長嘆時而茫然，悲傷而沉默的身影。她覺得自己讓父母蒙羞，失望，是世界上最糟糕的女兒。

回到了南部的家，母親見到她就哭了。

「為什麼要去喜歡有婦之夫？」這是母親在泣不成聲之後開口問她的第一句話。

她也哭了，淚流滿面地回答：「我真的不知道他結婚了。」

當她在偵查庭上說出同樣的話來時，卻沒有被採信，因為他說出了相反的證詞，他說她一直都知道他的已婚身分。

那是從事情發生之後，她第一次聽到他的聲音，說的卻是把她推落懸崖的話。她並不意外，因為她的律師已經先告訴她，他的妻子本來是連他一起告的，但後來對他撤告，並將他轉成證人身分，百分之百是那對夫妻之間已經達成某種協議，將說出對她極為不利的證詞。

從頭到尾，她都低著頭沒有看他一眼，只是專注在自己的呼吸上，一吸一吐，一進一出，如果不這麼做，某種恐懼或焦慮的黑影就會如烏雲一般籠罩過來，將她擊潰。

曠日費時的訴訟過程極為磨人，每次接到法院傳票都是心驚膽戰的煎熬，她不但要面對出庭的折磨，還要從南部北上，對她的身心狀態都是考驗，恐慌症因此更加嚴重。她的父母把她在精神科就醫的證明遞交出去，由她的律師全權處理。

雖然最後偵查庭並沒有將她起訴，民事庭對方也沒告成，但訴訟過程的本身就是一場冗長的懲罰。當訴訟終於終結的那一天，正是她的同學舉行畢業典禮的同一天。同學們帶著閃亮的眼神，以及對未來的憧憬，準備進入人生的新階段，她卻覺得自己像個歷盡滄桑的老婦，對人生已經筋疲力盡了。

這時，她還不到二十二歲。

＊

然後一晃眼，她來到了三十歲。

如果是一叢花，已是八度花開花落的輪迴，如果是一棵樹，也已新添了八層的年輪，但她回顧自己這些年來，卻是一事無成。

她曾想過要把大學讀完，卻靜不下心來準備轉學考試。隨著年紀愈來愈大，她愈來愈心急，也就愈來愈覺得自己很難再回到學校去。

她很少出門，因為街坊都是二十幾年的鄰居，見了她總要東問西問，畢業了嗎？工作了嗎？結婚了嗎？那些問題把她逼得快要喘不過氣來，於是她總是冷著臉快步離開。很快地就有一些閒言閒語在她背後發酵，畢竟她家有很長一段時間不斷地接到台北法院的傳票，再加上總有幾個高中大學都與她同校的聽說過她被退學的事，傳來傳去傳回鄉里，再傳進街坊鄰居的耳裡，傳成三姑六婆閒磕牙的題材。

她也不參加家族聚會，因為那些遠房親戚和街坊鄰居沒有兩樣，她知道他們在背後是怎麼說長道短。哎呀，以前是那麼乖巧文靜的女孩哪，長得漂亮，成績又好，誰想到會去破壞人家的家庭！奇怪耶，聽說她家教很嚴的，是啊父母不都是老師嗎？嘖嘖……

後來她在離家很遠的另一個南部城市找了一個書店店員的工作，並租了一間小小的房子，離開了父母的家，開始她的獨居生活。她不能再依賴著父母，他們為她操煩得夠了。

她上班時很安靜，下班後也不與同事往來，至於以前的朋友更是統統斷了聯絡。與人交遊總不免要交心，而她不想對任何人訴說自己的私事。她沒有朋友，對愛情更是避之唯恐不及，在經過那不堪的經驗之後，她覺得自己再也無法相信任何人。

她待人很客氣，但最多就是那樣了，不會再與人更近一步。曾經有幾位客人因為喜歡她而常來買書，卻被她冷漠的回應擋了回去。也曾經有一些同事試圖接近她，卻覺得她像一束浸過冰水的柴薪，無法燃起火焰。久而久之，她成為大家眼中那個孤僻的女人，同事們邀約聚會不再找她。她的上司雖然覺得她很不合群，但因為她工作認真，所以也就隨她去。

她想這就是她要的，一個人安靜而孤獨地活到天荒地老。

但如果這真的是她要的，她就不會做那個被遺落在月台上的夢了。

＊

「所以我決定離開那個月台，就算最後一班列車開走了也沒關係，我還是可以沿著軌道往前走，總會走到該去的地方。」

現在的她，三十八歲，微笑著坐在我的面前，訴說著這些年來的心路歷程。

「雖然我還不知道自己究竟要到哪裡去，但我知道，我不能再停留在原來的狀態裡。那種停留其實是一種自我逃避，而我必須學會面對自己。」

她自我面對的第一步，就是對自己承認，她還是想要完成學業。於是她以在職進修的方式回到大學去讀外文，還加修了心理系學分，在心理學的領域裡發掘出鑽研學問的熱情，因此又再讀了心理研究所，現在在某個機構做心理輔導工作。

她喜歡現在的工作，因為自己曾經受過很深的傷，所以更可以同理他人心裡的創傷。她也不介意對別人訴說自己的經驗，「那畢竟是我生命的一部分，我必須接納它，同時也告訴自己，那不是我的錯，我無須為它感到羞愧或罪惡。」

聽起來是簡單的三兩句，但那中間所經歷的過程，絕非三言兩語可以道盡。我相信她一定是個很好的心理諮商師，因為當她在療癒別人的時候，其實也在療癒自己。

「我曾經非常怨恨那個男人，覺得是他奪走了我的人生。但沒有誰可以把我的人生還給我，因為我的人生本來就不在別人手中。」

「那麼，有下一段感情了嗎？」我再問。

她搖搖頭，「可能真正的緣分還沒來吧。但沒關係，來日方長。」

是啊，來日方長。人生雖然無法倒流，但隨時都可以是新的開始。人的一生就是往前走去的路程，未來還在遠方，前面的路還長。

不要打破糖罐子

每個人的內心深處，都有一個人影。那個人影，往往是年少時的暗戀對象，因為從未真正在一起過，所以充滿了無限的想像。也因為只是想像而已，因此沒有機會破滅，只有不斷堆疊的美好。

小桃心裡的那個人，是她哥哥的高中同學Z。那時她只不過是個國中女生，渴望戀愛但從沒經驗。也許是因為Z長得有點像她當時最喜歡的某個日劇明星，也許是因為那個她正在胡思亂想的下午，Z正好經過她的面前，並且對她笑了一下，讓情竇初開的小丫頭瞬間魂飛魄散，從此把滿滿一發不可收拾的少女心全部一股腦兒給了Z。

直到小桃嫁為人婦，她心裡還有Z的身影。在這段漫長的時間裡，婚前，Z是所有追求她的人望塵莫及的標準；婚後，Z是她平淡的婚姻生活裡的精神性寄託，每當她覺得日子乾枯無聊的時候，就會回想那個有風有光有花香的下午，Z是如何走過她的面前，又如何轉過頭來露出那樣燦爛的微笑，那永恆的一刻支撐著她，讓她可以把乏味的日子繼續過下去。

但她與Z之間其實從未說過任何深刻的話，Z也不是哥哥親近的同學，高中畢業以後就沒聯絡了。

有時她也會想，不知現在的Z在哪裡？過著什麼樣的生活？但她只是想想而已，並不認真想知道，也從未在網路上尋找過他，不，她只要記得他當年的樣子就好。小桃很明白，不要把盒子打開，這樣現實就不會進來。

然而彷彿是一種人生的惡意，你根本不想知道答案，答案卻故意揭曉給你看。某天小桃在哥哥的臉書上看見一則高中同學會的貼文，然後那張照片就猝不及防地來到她眼前，讓她瞬間再度魂飛魄散，盒子被打開了，跳出來的現實是百分之百的驚嚇，像惡作劇的小丑故意嚇人一跳。

和哥哥一起搭肩對著鏡頭咧嘴而笑的那個男人，臉書標出他的名字，正是小桃放在心裡近半生的名字。然而他的樣子已經和從前一點關係也沒有了，與過去那個眉清目朗的春風少年相較，現在的他一臉橫肉，身形大概擴張了整整兩倍還有餘。

詳細的描述，小桃也不忍心再多說了，其實如果可以的話她恨不得把那張照片忘掉，然而那個視覺印象太猛烈，不但當下就瓦解了那永恆的一刻，還讓她直到現在仍震驚不已。

「我知道人會變，但怎麼會變那麼多？我為什麼要看到那張照片？它為什麼要把我美好的回憶戳破……」小桃喃喃說道，難掩一臉的失落。

被戳破的不是回憶，而是她心中的憧憬，是她不斷以美好的想像堆疊出來的幻影，那個影子與真實的Z其實毫無關係。那永恆的一刻就只是一生中的一瞬而已，是小桃自己膨脹了它的意義。

但我沒說什麼，因為我想，小桃不是不明白自己對Z的不斷想像只是少女心的長期延續，這只是一個遲來的幻滅罷了。青春早已過去，卻還能感到青春的幻滅，或許也是一種幸運。

＊

安琪的心裡也有一個幻影，那是她高中時參加某個跨校的登山活動，在海拔三千多公尺的玉山上認識的C。

當時安琪一個人在雪地裡脫了隊，迷了路，排山倒海而來的都是恐懼，她想自己也許即將成為一條山難新聞，正慌急得想哭也哭不出來時，卻見有個人影從那頭走來。

可以想像一下那是怎樣的畫面，那個在天空之下、群山峻嶺之間向安琪走過來的人影，猶如她的救世主，雖然穿著臃腫的高山禦寒衣物，拄著登山杖，步履蹣跚，周身卻散發著太陽一般的光芒，霎時就破除了她的恐懼與孤單。那樣的拯救，大概只有白馬王子吻醒白雪公主的瞬間可比喻。那個人就是C。

C是那場登山活動的領隊之一，發現有人不見了，當然要回頭來找尋。在這之前，安琪對他其實並沒有太多的注意，然而在這一刻，C所散發出來的英雄魅力對她而言，從此無人能及。

C帶著她歸隊的途中一度下起了暴風雪，於是兩人躲進了一個岩洞，等著風雪過去。可能是因為終於可以暫時休息，讓安琪能夠稍微整理一下自己的心情，她不禁哭了起來，藉以釋放先前累積的焦灼與憂慮。這時，C把她的一隻手拉過去，在她戴著厚厚手套的掌心上放了一塊巧克力。安琪聽見他說：「不要擔心，妳會平安的。」

那簡直就像神透過他的口來對她說話一樣。在安琪往後的人生當中，每當她困惑、徬徨，只要剝開一塊巧克力放入嘴裡，就能連結到那神聖的一刻，讓她感到無以名狀的平安。這養成了她的包包裡隨時都有一盒巧克力的習慣，嘉惠所有需要巧克力裡的可可鹼和色胺酸來安神的朋友。也因此，幾乎每個認識安琪的人都聽她說過玉山上風雪中的那一段。

那一段一直沒有下一段，因為那次登山結束之後，安琪與C之間並沒有任何聯絡。當時十七歲的她太害羞了，但她持續暗中打聽與關注他的一切，知道高她一屆的他後來讀了新竹的大學，又去了美國拿了碩士，再回到台灣進入某高科技公司做事。她像蒐集情報一樣地蒐集他的近況，因為她心中一直有著未能與他保持聯繫的悵然。安琪高中畢業之後學的是護理，與C的專業是兩個完全不同的領域，但她心裡始終有所期待，希望命運之神能安排她與他再度相遇。

一定是神聽見了她的祈求，某天夜裡醫院急診室需要人力，她前往支援。一個男人因為急性腸胃炎來看診，他健保卡上的名字讓她心中一震，抬頭一看，雖然多年不見，但她立刻認出了他那張臉。

「你是……」她失控地喊著，並且激動地站起身來，幾乎就要熱淚盈眶。

他驚訝地看著她，一旁的醫生驚訝地看著她，還有站在他身邊的那個年輕女人也驚訝地看著她，噢，不，是瞪著她。

「是什麼？」那個女人眉頭緊皺成一團。

她搖搖頭，虛弱地坐回椅子上。「沒，沒什麼。」

神確實有聽見她的祈求，只是她忘了跟神說，希望他是單身。

後來安琪每次想起他的時候，就會連帶想到那個女人殺氣騰騰的視線，讓那段風雪中的純淨回憶有了雜質。

「如果那天晚上我沒有看見他的健保卡就好了，我寧可沒再遇見他，這樣就不會破壞了我的回憶。」安琪長長地嘆息，「而且顯然他根本不記得我。」

不要在現實中打開心裡的盒子，安琪現在明白了。

我還是沒說什麼，只是招手請咖啡廳的侍者過來，為安琪點了一塊厚實綿密的巧克力蛋糕。

＊

還有麗芙的遭遇，那就不僅是想像的破滅，而是粉碎了。

D曾是她的高中同窗，當年兩人之間確實是有一些情愫的，只是誰也不曾說破。那時D的座位就在她的左後方，她可以感覺總有一道灼熱的視線從他所在的方向傳來，而每當她裝作不經意地回過頭去時，也總是看見他正若無其事地把視線轉開。那使她陶醉，也使她煩惱，使她飄飄然，也使她心事重重。愛情最令人神魂蕩漾的階段就在這裡，在什麼都還沒開始之前的曖昧期，充滿無限的想像，但直到唱起驪歌，兩人還是停留在這個時期，真的什麼都沒開始就結束了。

多年後麗芙在臉書上與D重逢，當年累積的含蓄情愫一發不可收拾，兩人從一開始的寒暄敘舊到相互試探，麗芙幾乎忍不住要傾訴滿腔衷情，雖然她並沒有忘記自己已婚的身分，但確實已在準備背叛丈夫的邊緣。

而D在這時輕輕地提議，讓我們見個面吧。

為了見這一面，麗芙把衣櫃裡的衣服全部穿了一遍仍不滿意，又逛了兩條街，買了一堆新衣服，總算選了其中一套，再逛了三條街，找到可以搭配的鞋子。然後，她剪了新髮型，前一天去按摩，當天又花了三個小時化妝，終於懸著一顆在雲端怦然跳動的心赴約了。為了某種以妨萬一的秘密心理，連內衣都是精緻的全新。

兩人在一間燈光美氣氛佳的法國餐廳見了面。照面的瞬間，麗芙有一點兒震驚，因為她一時竟然認不出那是當年的D，不過，當然了，她自己也不是從前那個害羞靦腆的纖瘦少女。

「哎呀，我們都長大了。」麗芙以玩笑的語氣掩飾自己小小的失落。

「哈哈，人總要長大嘛！」

D穿了一套好像有點太正式的西裝，說話時充滿商場成功人士的口氣與手勢，談話的主題也是他所效力的公司規模多大，營業額多驚人。他甚至拿出一份報表之類的文件，佐證他所言不虛。麗芙漸漸感到不太對勁，心想不會吧，但沒錯，D正在以訓練有素的話術，循序漸進地向她推銷一份直銷產品，並說服她成為他的下線。

那天夜裡，失眠的麗芙用一把剪刀把那套精心挑選的衣服，包括內衣，全都剪成了粉碎，鞋子也丟了。因為她確定自己日後一輩子都不會再穿上它們，以免讓自己回想起這可怕的一天。

「原來都是我的自作多情。」麗芙懊惱至極。

我只能安慰她，凡事要往好處想，幸好是這樣，才避免了她出軌的可能，否則也許真的會粉身碎骨。

*

每個人的內心深處，都有一個人影，想起那個人的時候，都會回到生命中的某個場景，看見過去的自己。

心頭上的人影總是無限美好，因為與那人之間從未進入過現實，純粹停留在想像的層次，還來不及有痛苦，來不及有悔恨與悲傷。那是愛情還沒真正發生之前的純淨國度，是只見花開不見花落的一條美麗道路。

於是美好的想像成為一種能量，讓人可以在心靈的世界裡無限汲取，平衡後來的人生裡粗糙無味的現實，那就像一盒取之不盡的糖果，感覺不到生活的甜蜜時，就取一顆糖，嚐一些甜。但那與真實的對方其實是無關的，一旦照見了現實，就會破壞了美好的想像，往往是要失望的。

所以，不要打破糖罐子，讓過去留在過去就好。

靈魂伴侶

她總是說，他是她的靈魂伴侶。

確實如此，在這個怨偶遠多於佳偶的年代，他們是我所知道感情最好的夫妻之一。

不只是感情，還有無可取代的默契。只要一個眼神交流，彼此都可以明白對方在想什麼。和他們在一起吃飯或喝茶時，我常覺得我是一個人，而他們是一體。

她是我的大學同學，當年我們都是那種典型的中文系女生，長髮長裙，嚮往心靈相契的愛情，而她在大二那年遇見了物理系的他，就像美夢成真，從此訂下終身。

如果愛情是一種命運，那麼她就是那種特別受到上天眷顧的女人，在青春正好時就得到相守一生的摯愛。當年美麗的她與帥氣的他依偎走過的儷影，是校園裡賞心悅目的風景。

甚至對別人來說的考驗，他們也都輕易地跨越了。他服兵役，她出國進修，都沒有影響兩人之間的感情。在她二十五歲生日那天，他們結婚，然後就像童話的結尾一樣，「從此過著幸福快樂的生活。」

時光如水一般流過。這些年來，我周圍的許多朋友要不是婚姻觸礁，要不是分道揚鑣，但他們兩人還是十數年如一日，走到哪兒都手牽手，神仙眷侶一般。

然而，青天霹靂，因為心肌梗塞的緣故，他忽然就走了。

這個消息太突然，所有的朋友都難以置信，他還年輕，而且看起來是那樣健康，怎麼會一個瞬間就這樣過去了呢？

朋友們都如此震驚不捨，更別說她有多麼心碎悲痛了。

對她來說，他不只是共同生活的丈夫，還是心靈相契的伴侶；他是她的愛與夢，她的詩與歌。而且他們一開始就說好不要孩子，所以在某種心理上，彼此還互相遞補，成為自己所疼愛的孩子。

她失去他，就像一隻鳥兒被硬生生撕下一邊的翅膀，從此無法飛翔，也遠離了天空。

很長的一段日子，她身心分離，安靜而恍惚，無法工作與正常生活，整日遊魂般地穿梭在屋子裡，他的遺物全都還在，衣櫥裡還掛著他的衣服，浴室裡還留著他的毛巾與牙刷，她什麼也沒動，假裝他還活著，不斷地與她想像的亡靈對話。朋友的電話她不接，家人的關心她也拒絕，她不要讓外界的現實提醒她，她已經永遠失去他了。

直到她在他的大衣口袋裡發現那張醫療收據，事情才開始有了變化。那是一張婦產科的收據，就診日期是三年前的冬天，病患的名字是李凝凝。

李凝凝？她的眼前浮現一個白皙娟秀、直髮披肩的女子樣貌。凝凝曾經是他的學生，當年與一堆同學到他們家裡來過好多次，她對她印象深刻，一來漂亮女生本來就受人矚目，二來當時凝凝正與另一個也常到她家來的男學生交往，小倆口常鬧彆扭，身為師母的她還當了幾次調人與心理輔導員。但自從凝凝畢業之後就沒再來過，她也就不知她與那個男孩後續如何了。

後來他離開教職，與幾個朋友一起創業。有一天她參加他公司的年度聚會，一個粉領麗人來打招呼，她才發現竟是凝凝，原來她已從他的學生成為他的秘書。當下她的心中掠過一絲疑惑，為何從未聽他說過？不過她馬上又想，也許他提過，只是她忽略了。就算他沒提，那也沒什麼，可能是他覺得不要緊，所以就沒說。她對他向來只有信任。

她問起那個男孩，凝凝的眼中掠過一絲暗影，臉上卻燦笑如花。「我們早就分手了。」

她點點頭，不再追問。「妳一定會找到更適合妳的人。」

凝凝望著她，欲言又止，久久才幽幽地說：「師母，不是每個女人都能像妳一樣幸福。」

此刻，手中握著那張婦產科的收據，她想起凝凝當時看著她的眼神，忽然有一隻冰涼的手抓住了她的心，他是不是一直瞞著她什麼？他和凝凝除了老師與學生、上司與下屬，還有別的關係嗎？

她把收據撕成了碎片。這張收據像是一個即將被證實的證據，為了他，她必須將它毀屍滅跡。

她不想知道真相，那很可能會撕碎她對他的認知，而那將是無盡的深淵。

然而撕不去的是她心裡的陰影。那陰影沉沉籠在她的心上，壓迫得她一日比一日更喘不過氣來。

「有什麼是我不知道的嗎？我們一起走過的這些歲月，真的如我以為的美好幸福嗎？」她對著他的照片問他。他什麼也沒說，只是笑吟吟地看著她。但那笑意愈看愈詭異，他也愈來愈陌生。於是她又問自己：「我真的了解這個與我同床共枕這麼多年的男人嗎？」

她想看看他的電腦裡會不會有些什麼，卻發現他設了密碼。她又想看看他的手機，一樣因為密碼而打不開。過去她從未想過這麼做，也從未對他的外在行蹤查勤過，因為她相信愛就是完全地信任。可是現在，這份信任動搖了。

然後有一天晚上，他的手機響起。他雖然走了，但電信費用的自動轉帳依然持續，她也依然為他的手機充電，然而在這之前，他的手機從未響過。她看著來電顯示，只有一個英文字母，N，她接起，那頭一個女人在哭泣。

她安靜地聽著那撕心裂肺般的哭聲，等到那頭稍微止息之後，她輕輕地問：「是凝凝嗎？」

那頭又哭了起來，久久，久久，才抽噎著、斷斷續續地說：「為什麼……相愛是這麼……這麼美好的事，卻只有……只有我們兩個人知道？……現在他都走了，也只有我自己……我自己知道了，這種感覺好奇怪好奇怪……有時候我都懷疑，那刻骨銘心的一切，是不是真的曾經存在過……」

當下她不是傷心，甚至不是憤怒，而是覺得詫異，凝凝現在是把她當成她以前一貫扮演的心理輔導員的角色嗎？還是這個年輕女人以為她們兩人可以一起懷念訴說那個男人呢？

「妳的悲傷可以光明正大，但我……我卻得對全世界掩藏。」凝凝的語氣裡除了悲痛還有一絲恨意，「孩子都沒了，我也不能在別人面前哭，妳知道那種痛嗎？妳知道他其實很想要有自己的孩子嗎？」

她覺得自己掉進一個很糟糕的劇本裡去了，必須趕快抽離才行。她也不想知道更多他們之間的事，那不關她的事。她只想用力掛斷電話，卻聽見自己說：「都過去了，好好照顧自己。」她的聲音平靜溫柔得令自己吃驚。也許這句話，她是說給自己聽的。

接著她關上他的手機，扔進了垃圾桶，然後倒頭睡了兩天兩夜。她覺得自己好累好累，那是從心裡很深很深的地方湧起的累。

醒來之後，她竟然覺得餓了，這是自從他離開之後，她第一次覺得想吃東西。於是她開車出門，到她以前很喜歡的一家義大利餐廳吃了一盤松露燉飯，她發現自己又能感受食物的美味，在進食的當下一點一滴地恢復了原本萎頓的元氣。她覺得自己又活了過來，成為一個單獨的人。

「單獨的人？」我問。此刻，我和她坐在陽明山某條步道的石階上，她的臉色因為爬山而呈現淡粉紅色，和半年前喪禮上那個蒼白無神的她已經不一樣了。

她點點頭，「單獨的人。人本來就是單獨的個體，不會因為失去了誰就無法活下去。」

涼風徐徐吹來，這是個寧靜的夏日午後，蟬鳴如浪，在樹林深處響起，層層疊疊，遠遠近近。

「妳恨他嗎？」我問。

她搖搖頭。「不，我感謝他曾經給我那樣甜美幸福的時光，也感謝他讓我看穿那些時光其實只是幻象。」

她說，他的死亡先是讓她體會了無常，他的秘密與背叛則教會了她表象並非真實，她在這個過程裡被迫面對真相，卻也發現一旦有勇氣面對自己，就有了穿越一切困厄的能量。她已將他的遺物全數清除，她再也不想背負著對一個人的思念過日子。

「他也教給我毫無條件的寬恕，因為他都走了，我非放下不可。」她微笑著，「無論是愛也好，恨也好，他的愛，他的背叛，都只能成為雲煙。

當我決定原諒這一切，忽然就覺得，真的一切都過去了。經歷過這些種種之後，我的人生裡再也沒有任何執著了。這樣的人生功課多麼難得啊！若不是因為他的背叛，我也無法有這樣的體會與超越，否則我將在失去他的悲傷裡度過我的餘生。」她停頓了一下，又淡淡地說：「他解脫了我。所以，他真的是我的靈魂伴侶。」

她說得雲淡風輕，但我知道，那其中的心理轉折有多麼沉重且劇烈。雖然過程很痛苦，但她畢竟解脫了愛與恨的束縛，生命從此成為一種平靜的祝福。此刻的她是那樣美，風將她前額的髮絲揚起，她臉上的表情柔和寧靜，那是一種水晶般的透明感，也是生命經驗淬鍊出的美。

而林間的風持續吹拂，如浪的蟬鳴依舊遠遠近近地響起，彷彿一遍遍地在說，過去的已經過去了，未來的還在未來。

對鏡

很久以前，當她還是個國中女生，曾經聽過一個傳說，說是午夜十二點整的時候，若是對著鏡子梳頭髮一百下，鏡子裡就會出現未來丈夫的臉。

她著迷於這個傳說，許多個夜裡，她都很想試試看，卻又提不起勇氣這麼做，因為鏡子裡若真的出現一個男人的臉，一定會把她嚇壞，那是鬼吧？以後如果真的遇到那個男人，她才不敢嫁給他呢，那就像和鬼結婚一樣恐怖。

但她更害怕的是鏡子裡什麼也不會出現，因為那就像是一個預告，她將孤獨終身，未來誰也遇不到。

整個國中三年，她都暗戀著班上的男同學R，因此她幻想過很多很多次，午夜對鏡梳頭髮一百下，然後鏡子裡出現的是R長大後的臉。但她只是暗想，從來不敢真的這麼做。上課的時候她常常偷看著R，想像著十年後或十五年後，他可能生成什麼模樣。

那時的她並不知道，國中畢業之後，與R一別就是二十年。

那時的她更不會知道，二十年後的現在，她與R竟然會在一起喝咖啡。

畢竟是太長的一段時間過去，別說她早已不記得自己當時的想像，甚至她連R當年的模樣都已遺忘，所以多年之後的此刻，看見R的當下，她只覺得眼前這個穿著淺藍襯衫與深藍條紋西裝外套、眉眼之間已略有風霜的男子，完全是個陌生人，如果是在街上遇到，一定就是錯身而過。

但R似乎一眼就認出她來，在她一走進這間東區某大旅館一樓的咖啡廳時，坐在角落座位的他立刻站起身來，對她投來注目與微笑。

是他主動在臉書上找到她的。一個月前，他忽然從Messenger傳了一則訊息給她，說他這些年都在美國工作，最近要回台灣出差，如果有空就見個面吧。他的語氣好像兩人這麼多年來一直有聯絡似的，隨意而親暱。

她很驚訝他還記得她，畢竟當年好多女生都喜歡他，而那時的她並不出眾；她更驚訝的是經過這麼多年，他的見面邀約依然令她怦然心動。

他的臉書上幾乎沒有任何個人資料，只有一些零星的風景圖片，上一次更新是三年前，無法提供她更多關於他現況的參考。她則是把臉書當日記寫，所以如果他有逐條追蹤，就會知道她現在是個高職老師，早已對教學失去熱忱。平常的興趣是烘焙糕餅，並在不久前為自己烤了一個蘋果派，一個人度過了年齡保密的生日。

不過他當然知道她已經三十五歲，因為他們曾是同屆學生。然而以社會眼光來看，女人的三十五和男人的三十五卻是不一樣的三十五。他眉眼之間的風霜，別人會覺得那是成熟，她嘴角邊的細紋，別人則會認為那就是老了。

她擔心讓他有這樣的感覺，所以打從訂下會面日期，就立刻往ＳＰＡ館報到，做了兩三回護膚。除此之外，她還修剪了頭髮，把髮尾燙鬈，給自己一個俏麗的新造型。為了因應可能有的不同天氣，她準備了好幾套不同的衣服，以及搭配的鞋子和包包。這一個月來為了今日的會面，她忙得精神奕奕，容光煥發，幾個女學生都說老師最近好漂亮，是不是戀愛了？她笑而不答。

二十年前青澀矇朧的暗戀並不會延續到現在，但準備見面的心情令她有戀愛的錯覺，期待中帶著緊張，還有一絲莫名的甜蜜，畢竟被自己曾經喜歡過的人記得是一樁開心的事。這樣的感覺她已經很久沒有了，感情空窗期太長，她簡直想不起來上回有這種怦然的心情是什麼時候。

所以她不只緊張在闊別多年之後，自己在他眼中的樣子，她也擔心少女時期暗戀過的男生，會不會讓她的想像幻滅？她更不安的是見了面之後，兩人之間是否會有冷場？

終於見到面的此刻，一切的擔憂都消散了。

他看起來很好，頭髮濃密，身材挺拔，身上那件西裝外套的質料與剪裁也很好，整個人從裡到外充滿成熟男子的魅力。從他看她的眼神，她知道自己的準備也是沒有白費的。今天的天氣偏冷，正適合穿上那件袖口與領口都綴有施華洛士奇水晶的紫羅蘭色長版洋裝，再搭上駝色長靴，這樣嫵媚中不失帥氣的裝扮讓她充滿自信。

至於冷場的可能，她也多慮了，他的口才很好，也很會找話題，讓兩人之間的談話可以輕鬆地維持下去。他提起以前國中的幾位老師與同學，說起一些共同的回憶，還說他國二時因為貪玩電動遊戲，常常熬夜，第二天總是遲到，幸好她那時是守校門口的糾察隊員，每次都放水讓他進校門，不然他早就扣點累計成三大過了。他說著還舉杯對她致意，謝謝她當年的偏心。

她完全不記得自己曾經當過糾察隊員，他一定是記錯人了，不過她並不想糾正他的回憶，就讓他記錯好了。她微笑地聽著他說起二十年前的往事，深深覺得不可思議，當年的她一定怎麼也不會想到，多年後兩人竟然可以這樣敘舊。那時她因為太喜歡他，反而無法正常地跟他說話，每回面對他就是臉紅低頭，吶吶難言，雖然是暗戀，但誰都看得出來她的心跡。也只有在那樣年輕的時候會那樣驚慌失措地喜歡一個人，她的心思飄回遙遠的過去，為以前那個害羞的自己感到心疼，而如今可以與他這樣坐在一起回憶過往，彷彿是對當年的一種平反。

他也說起現在的工作，某國際藥廠的業務經理，常常要在不同的城市與國家之間飛來飛去。他拿出一張印著英文的名片給她，卻不慎掉出一張照片，她一眼瞥見是一個女人的半身獨照，明眸皓齒，長髮垂肩，相當美麗，只是照片邊緣都已磨損泛黃，可見得這張照片已經頗有歷史。而會被他這樣珍重地隨身攜帶，也可見這個女人在他心中的分量。

「喔，好漂亮。」她盡量讓自己的聲音聽起來自然，「這是你太太嗎？」

他把照片小心翼翼地放回皮夾裡，好半天才回答：「是我的前女友。」

那你結婚了嗎？她很想順勢提出打從一見面就籠罩在心裡的問題，但一時遲疑即錯過了提問的時機。這樣的打探會不會太明顯了呢？而且他既然把前女友的照片放在身邊，應該就表示仍是單身吧？

「前女友？」她無意識地重複。

他苦笑了一下，神色黯了下來。「現在已經是別人的太太了。而且那個別人，還曾經是我最好的朋友。」

前女友曾是他在美東讀碩士時的學妹，兩人交往多年，已論及婚嫁，後來他進入藥廠工作，從東岸調到西岸，與當時仍有學業的她相隔四個小時時區的距離。「因為她是那種很需要被照顧被保護的女人，所以我就拜託我最好的朋友去關照她，然後……」他沒再說下去，但也不必再說了，後面的發展可想而知。

她心裡冒著一些泡泡，說不出是什麼滋味。他是不是太傻？還把背叛自己的女人照片這樣珍重地夾在皮夾裡！可是這樣的癡情也令她感動，她真希望有個人也能這樣對自己念念不忘。

「那麼你現在和那個朋友還有來往嗎？」她問。

他眉頭一皺。「怎麼可能？一來這份情誼已經有了難以平復的裂痕，二來我也不方便再出現在他們的生活裡吧。如果繼續來往，對彼此都是情感上的干擾。」

她對他深深地同情了起來，被戀人與好友雙重背叛，那必然是很嚴重的打擊。

「你一直把前女友的照片放在身邊，看了不難過嗎？」

他若有所思地點點頭，「妳說得對，我該放下了。」略頓了一下，他又說：「畢竟都是七年前的事了。」

那七年來你有交過別的女朋友嗎？她話到嘴邊又嚥了回去。若是明顯地表露出對他的女性關係充滿興趣，這樣也太有失矜持了。

可是她還是掩不住自己的情緒。「如果是我，絕對不會選擇你的朋友。那種會趁人之危的人，如此不顧朋友道義，將來對婚姻也不會忠誠。」她忿忿地說，「我想你的前女友早晚是要後悔的。」

他定定凝視著她，意味深長地笑了，嘴邊裂出溝紋。「謝謝妳。」她覺得自己彷彿受到某種鼓勵，禁不住地要再問：「如果有一天你的前女友來找你，說她錯了，她還是想與你在一起，你會接受她嗎？」

「我希望這樣的事不會發生。因為我一心只期待她能幸福，不要後悔自己所做過的選擇。」

多好的男人，他真的懂什麼是愛！她長嘆出聲：「啊，你真的很愛她！」

在讚歎他的同時，她也為自己難過了起來，為什麼就沒有一個人這樣深情地對待過她呢？她遇到的都是一些精打細算的男人，在付出之前已先算好了回收。那種算計每每讓她很快就心灰意冷，所以至今沒有任何一樁情感可以回想，也沒有任何一個人值得放在心裡懷念……

就在她沉思之際，他的一隻手橫過桌面，忽然蓋住了她的手背。她驟然一驚，抬起臉來看著他。

「妳在想什麼？」

他的語氣低沉，輕柔，彷彿某種密謀的暗示，讓她心跳。

「我在想……」她吶吶地開口，卻不知怎麼說下去。他這突然握住她手的舉動霎時讓她忘了自己剛才在想什麼，只覺得腦中一片空白。

「我就住在這裡的樓上。」他的手握緊了她的，「想不想到我房間去坐一下？」

她的心中一炸，胸腔瞬間爆破了千萬個碎片。她看著他的眼睛，那是一雙藏在銀框眼鏡後面，閃爍著某種心思的眼睛。

「妳不是一直都喜歡我嗎？」

如果她剛才誤解了他的意思，現在的暗示已讓她很難再懷疑。天啊，他把她當成什麼了？

一時之間，她有個衝動，想拿起桌上的水杯朝他潑去，但她沒有，她只是抽回被他握緊的手，然後站起身來，說：「抱歉，我還有事，先走了。」

在這種時刻，理智還是壓下了衝動，讓她維持住基本的禮貌。

也許是因為遭受過背叛，使他有了偏差的心理，從此把女人當成遊戲對象；但更可能的是，那張照片只是他編出來的故事，讓聽故事的女人對他產生好感，方便他下手。更糟糕的，或許連他的名片都是假的，除了騙色，他也騙財。不管是哪種狀況，顯然他都是個老手。還有最壞的，說不定他甚至不是R。

無論如何，她美好的想像還是幻滅了。

但與其心有錯誤的懸念，或許徹底的幻滅還是好的。她為自己慶幸，在第一時間就脫身離開。

這天夜裡，想著白天發生的事情，她心潮起伏，難以入眠。輾轉反側之中，她瞥到床頭邊的電子鐘，十一點五十九分，她忽然想起那個傳說。

她披衣起身進入浴室，拿起梳子就開始梳髮，邊梳邊數，一、二、三、四、五……梳完了一百下頭髮，鏡子裡是有一張臉，她自己的臉。她看著鏡中的自己，笑了，是那種衷心的笑，開懷的笑，打從心底深處湧起的笑。

當然是自己了，還會是誰呢？這一生能和自己在一起的，也只有自己了。

彷彿是一個謎底在多年之後揭曉，此刻的她，只覺得一切了然，十分平靜。

為她煮麵

他本來是竹科新貴，卻在三十五歲那年因為工作太忙，婚姻觸礁，讓他毅然決然地放下年薪兩百萬的主管工作，離開台灣，也離開過去的一切，到日本拜師學藝，從拉麵店的學徒開始從頭做起。三年後，他回到台灣，開了一間拉麵店，過著天天晨起即備料熬湯、深夜才喀啦喀啦拉下鐵捲門的掌櫃生活。

經過這樣的大動盪，他本來以為日子就會這樣平穩也平淡地過下去，卻因為她的出現，讓他止水一般的心悄悄起了波瀾。

她總在比傍晚更晚的時分來到他的店裡，那時人潮已過，氣氛漸漸變得悠閒；她往往點一碗湯頭特濃的火山豚骨拉麵，看起來纖細優雅的女人卻十分嗜辣，每次都是把火山顏色的大辣麵湯面不改色地喝完，讓他暗暗驚詫，同時也有一種難以言喻的滿足，彷彿自己被她大大誇讚了；畢竟看著客人把自己精心熬煮的拉麵吃得碗底朝天，總是愉快的。

她留著及肩的中長髮，髮尾微鬈，白皙的小臉上有一雙靈動的大眼睛，總是穿著長裙，露出半截纖瘦的小腿和美麗的腳踝。她具有一種獨特的沉靜氣質，好像濁氣世事都不會沾染到她。他覺得她的內在有一種神秘的光，不管她坐在他店裡的哪個角落，那個角落彷彿就會閃閃發光。

她通常會選窗邊的位子，總是一個人，從不滑手機，只會在等候拉麵上桌的空檔把書攤在桌上看，她那種專注的模樣使他可以默默地觀察她而不必太擔心被她發現。他喜歡看她，就像看一幅賞心悅目的畫。他店裡的幾個年輕孩子注意到他看她眼神的不同，因為她常常在看書，他們就半開玩笑地私下稱呼她「蘇小姐」。

於是不知從什麼時候開始，他對「蘇小姐」難以掩藏的好感竟成了廚房裡的有趣話題，他平常在訓練助手時一絲不苟，卻非常容忍這些年輕孩子偶爾簡直無法無天的玩笑。一來他了解這可以增進彼此的感情（能以老闆的暗戀話題來取樂是多麼令人開懷的事），二來他無法否認，自己是真的喜歡她。

*

喜歡一個女人的感覺對他來說很新鮮，先前他一直在理工的世界裡，生活像某種方程式，無須涉入個人情感也可以自行運作，他結婚不是因為愛情，而是因為他那時需要一個妻子。他一直以自己的理性自豪，覺得感性是一種弱者的表現，就像天體宇宙是依靠某種秩序運轉而從不出錯，他也相信自己的世界可以一直這樣運作下去，直到妻子求去，他才發現，原來他以為堅固的世界根本就像易碎的蛋殼。

那時，他第一次認真檢視自己真正喜歡的是什麼，但除了確定喜歡吃拉麵以外，就說不上來還喜歡什麼了。自己竟然是一個如此無聊又貧乏的人啊……這個發現比婚變對他的打擊更大，於是他痛定思痛，決定一切從頭來過。

然後，在日本當學徒的那三年裡，他一再把自己的過去打破，變得柔軟，謙卑。他開始懂得星光的美，浪潮的驚心，落葉的一言難盡，卻還是不懂得喜歡一個女人是什麼感覺。

所以，因為她而有的那種心情，對他來說不僅是新鮮，簡直接近奇蹟。

原來喜歡一個女人，心頭會那樣輕飄飄又沉甸甸的，會從早晨開始就期待她晚間的出現，會因為想著她要來吃麵，於是從採買到撒麵的每一個步驟都是鄭重的。他曾經想要煮出全世界最好吃的拉麵，然而那只是一種自我證明的渴望，遇見她之後，他想煮出的是會讓喜歡的人喜歡的拉麵，他的麵裡開始有了情感的調味。

＊

他本來已經訓練了幾個可以獨當一面的好幫手，但只要她的身影在門口出現，他的助手們就會彼此傳遞眼神，「蘇小姐來囉。」然後很有默契地把掌廚的位子讓出來，讓他以一種認真的心意，親手為她煮一碗麵。

有一天她來到店裡的時候，雖然已過了熱潮時段，但座位還是全滿，她又表示不能等，就離開了。他覺得「悵然若失」這個成語，就是形容自己當下那種心情。而他那種難以掩藏的失落，被助手們看在眼裡，於是從那天起，大夥兒就很有默契地開始為她保留那個她最喜歡的窗邊的位子，從傍晚開始，直到打烊為止，就專候她的光臨。然而她並不是天天都會出現的，於是那個位子也就靜靜地空著，這對於一間客往迎來的拉麵店而言，是非常任性又奢侈的做法，卻也是他所能為她做的事情。助手們都覺得這樣很浪漫。

可是她對他為她所做的這一切，都並不知道。

助手們慫恿他去跟她說話。

「去問問她好不好吃，這樣不就把話題打開了？」

「說不定蘇小姐也喜歡你耶，因為老闆你充滿了大叔魅力啊！」

「怕什麼？去追啦去追啦！」

但他只是遲疑地微笑不語。

雖然她都是一個人靜靜地吃麵，雖然她的左手無名指並沒有戴著標示已婚身分的結婚戒指，但那並不表示她沒有一個遠距的丈夫或情人；就算她單身，可是她那麼美，追求她的人也一定很多……總之他就是提不起勇氣。他擔心上前攀談反而讓她心生警惕而再也不來了，那可如何是好？

其實能這樣默默地為她煮一碗麵，已經很滿足，不敢再有更多奢求。他這樣告訴自己。

＊

然後有一天，她忽然消失了。

那是秋天轉入冬天的時候，比傍晚更晚的時分，店門口不再出現她的身影，專為她保留的那個靠窗的位子一直孤伶伶地空著。

發生了什麼事了？他心裡惦念著她，雖然不說，但誰都看得出他的悶悶不樂。

他後悔不曾和她說過話，不然多少也會知道她在哪兒工作，家住哪一帶，他對她是如此一無所知，即使想打探她也無從打探起。他懸念著她，只希望她平安無事。他想，這種心情大概就是人家說的牽掛吧。

隨著一日又過一日，他決定，只要再看見她，他一定會上前和她說話。

＊

然後，在來年春天的某一天，不是在比傍晚更晚而是在中午過後，她忽然出現了。

還是一頭及肩的中長髮，還是露出半截纖瘦小腿與美麗腳踝的長裙，還是那樣濁氣世事都不會將她沾染的清新。

不同的是，她的身邊多了一個男人，兩人並沒有選那個靠窗的位子，而是走向角落裡的座位。他們始終牽著手，即使坐下來，緊牽著的手還是橫過桌面互相交疊。兩人的無名指上戴著同款的戒指，深情款款地望著彼此。

他的助手們都努力裝得若無其事，訓練有素地為兩人倒水、點餐，然後把單子送進廚房。

而他什麼也沒說，只是依然像以前一樣，以一種認真的心意，為她煮一碗她喜歡的火山豚骨拉麵。

＊

「結果我還是沒有跟她說話。」當他說起兩年前的這樁往事時，神情竟然還有某種少年的靦腆。「那是她最後一次到我店裡來，之後我就再也沒見過她了。」

「會遺憾嗎？」我問。

他搖搖頭。「不會，那時的她看起來很幸福。那樣很好。」停頓了好一會兒之後，他又吶吶地說，「好吧，也許有一點遺憾，但那並不重要。重要的是，重要的是……」他又停頓了更長的時間，終於找到可以表達的說詞，「重要的是她讓我懂得那種喜歡一個女人的感覺，無論結果如何，那種喜歡的心情本身就很美好了。」

而我想的是，如果我是那個女子，若知道了常常吃的麵其實不只是一碗麵，還是一個沉默的男人認真的心意，一定會很感動的。

也或許在某些時刻，在我們不知情的狀況下，領受了別人沉默的心意，而我們卻始終不知道……

從前和以後

他的飛機傍晚六點起飛，但他說他可以下午三點就到機場。

「好，那麼在你上機之前，我們大概還有一些時間可以一起喝杯咖啡。」她說。想想又加上一句：「很期待見到你。」這是她的真心話。

要喝到這杯咖啡並不容易，在此之前，兩人在電話裡喬了多次總也喬不上，他回台灣就只有匆匆幾天，大部分的時間又在南部，她的行事曆也排滿了無法移動的行程。最後她說，還是我去給你送機呢？這才拍板定案了。

即使是這樣，她也得先推掉與另一個朋友半個月前就訂下的約才行。

現代人是這樣忙，要見一面是這樣難，尤其兩人平常還各自居住在東半球與西半球兩個距離不只十萬八千里的國家。

然而，她心裡有一種執拗，只覺得無論如何非見到他不可。她一定要問他那句話，那句在她心頭翻滾千百遍的話。

在獨自駕車前往機場的路上，她回想起以前那段大學時光，思緒如潮。

她曾經暗戀過他，從大一到大四，整整四年的時間。那是她這一生唯一有過的暗戀經驗，而她多年後才發現，當時那種高燒般的熱度竟然強過她後來的每一樁真正的戀情，或許是從未開始，所以很難幻滅吧。畢竟暗戀是霧裡看花，讓人更充滿憧憬與想像。

然而，卻也是因為沒有幻滅的機會，高燒難退，因此她也排拒了其他的可能，就那樣過了整整孤獨的四年，從十八歲到二十一歲，一個女孩在長成女人之前最美好的時光，就耗在對他無望的暗戀裡了。

第一次見到他，是在吉他社裡，當她踏入社團大門的時候，他正撥弦唱著Eagles的〈Hotel California〉。可能是因為他唱歌時旁若無人的自在表情，可能是因為他身後窗外透進來的燦爛陽光，總之，就在那一瞬間，從此注定了她往後四年的命運。

從那天起她就加入了有他在的吉他社，但四年下來她的吉他一直沒進步。因為她太分心了，太關注他的存在，太為了他的存在而意識到自己的不自在。

桃園機場到了，她把車停好，往出境大廳走去。想到就要與他見面，她仍有一絲絲的緊張。為了平撫內心的情緒，她先進入化妝室，對鏡審視自己的儀容。

今天她穿了淺藍色的洋裝，挽著深藍色的手提包，及肩的長髮微鬈，臉上是和平常一樣的淡妝。洋裝的線條呈現了她苗條的身段與纖細的腰肢。她從手提包裡拿出香奈兒的五號香水，在耳後和手腕上都抹了一些，告訴自己，沒什麼好擔心的，她已經不再是從前那個面對他時就不知如何是好的年輕女孩了。

也不知為什麼，那時的她在他面前會那麼害羞，雖然她在表面上總是力持鎮定，但她的內在簡直是魂飛魄散，平常的聰明機靈全都不見了，只怕在他面前出錯，於是她每每用一種面無表情的表情來掩飾自己過度的小心翼翼。在他面前她總是緊繃，總是強烈地意識到自己的不自在與不自然，然後又為此懊惱不已。她明明想讓他看見最好的自己，卻又總是放不開而成為一個無聊無趣的呆滯女生。

這就是暗戀最惱人的地方，總是藉由一種虛幻的目光審視自己，對自己充滿嚴苛的批判。如今回想起來，她仍然為當年那個驚慌失措的年輕女孩難過。

他們約在五號櫃台前見，她早到了些，眼前人影綽綽，來來去去，無數的人們從各自的地方來，到各自的地方去，在這裡交會又離開，再沒有比機場更讓人覺得人海茫茫了。

一個月前，他忽然發了一個臉書的朋友邀請和一封訊息給她，問她好嗎？他說長年在國外，與許多朋友都失去聯絡，但始終記得她。他說自己近日要回台灣一趟，問她是否願意找個時間見他一面？

他的臉書沒有照片，沒有動態，什麼資料都沒有，很符合過去他那種總是雲淡風輕的作風。她對著那一片空白默然良久，有一種恍若隔世之感。

這麼多年了，她沒想到還有這一天。

大學畢業之後兩人就沒再聯絡，她也是從離開學校之後才開始經歷真正的人生，那些崎嶇起伏一再磨練她的心性，每一次的情傷也都提醒她回過頭來更愛自己，以前那樣盲目喜歡一個人的心情是絕對不可能再有了。因為被際遇焠鍊而成的決絕個性，她的戀情總是結束得徹底，一旦決定離開就不再回頭，連想都不願想起。

但她卻不斷地想起他，不是想念，而是好奇。她好奇從前那段時光裡，他究竟知不知道她對他的一番情意？

或許對她來說，他就像是一個一直沒有結案的Case。或許她在下意識裡一直在等待見他一面，只為了她想問他那個懸念在心中許久的問題。

但她並未刻意尋找過他，生命裡遺失的東西太多了，沒有答案的謎也太多了，若還有後續，總會自己出現的；若從此沒有下文，那也算了。她早已習慣以一種隨緣的方式對待一切。

然而當他頎長的身影從浮動的人群那頭出現，往她的方向走過來的時候，她還是深吸了一口氣。

很好，他沒有胖也沒有老，依然是那麼帥。

兩人很自然地擁抱了一下，然後望著彼此微笑。

於是她這才看出他與從前的不同。以前的他孤寒瘦長，現在的他比較壯實了，眉宇間的氣質也與過去那個彷彿風裡來浪裡去的年輕男孩不一樣了，是一個見過世面也真正走過人生風浪的中年男子了。她有一種奇異的感覺，眼前這個人彷彿是他卻又不是他。畢竟是這麼長的歲月。時間會改變一切，他與以前的他不一樣了，她又何嘗不是呢？

他們在機場的咖啡廳裡找了兩個位子坐下來，隨意地聊著彼此的過往，他結了婚又離了婚，現在單身一人住在美國德州，做的是行銷的工作。他們也聊起以前在吉他社的一些片段。

「我記得那時好多女生都喜歡你，但你和每個人都保持著若即若離的距離。」她故作不經意地提起。

她沒有提起的是，那時他對她也是這樣，常常是一個眼神、一個表情或一個動作裡，彷彿有什麼又彷彿只是不經意，總讓她一遍又一遍地溫習琢磨，又是陶醉又是失落，最後只好歸於都是自己多心。

他呵呵一笑，「唉，我那時很困惑啊，對未來有太多不確定了，所以內在和外在都無法安定。」他帶笑看了她一眼，意味深長。

「現在還彈吉他嗎？」她問。

「早就不彈了。」他自嘲地說，「偶爾因為應酬和客戶去唱ＫＴＶ，高音都飆不上去了。」

接著話鋒一轉，他開始說起生意上的事，關於怎麼拿到別人拿不到的訂單，怎麼與那些美國人套交情，但她什麼也沒聽進去，這部分的他對她來說太陌生了，她覺得眼前這個男子是今天才認識的人。她過去暗戀的那個身影一直是在雲端的，她無法把從前的他與這個務實的商人聯想在一起。

「對了，我前些日子在波士頓遇到李明皓。」他忽然想起似地提起，「他日子過得很好，靠著寫程式賺了不少錢，現在四處旅行，還打算搬到阿拉斯加去，並且開一個荒野攝影展。」

李明皓？她怔了一下，腦海裡浮現一個面容斯文的理工男生的模樣。當年他也是吉他社的，大家都看得出來他喜歡她，許多男生還幫著他追她，故意製造兩人獨處的機會。他甚至還為她寫過一首歌。她並不討厭李明皓，但她的心思都在另一個人身上，因此對他總是淡淡的，擺明了請勿打擾。或許是因此感到難堪吧，兩個學期之後，李明皓就退社了。

除了李明皓，還有幾個其他對她有好感的男生，也都因為她的冷淡而打退堂鼓。

然而當年她是在堅持什麼呢？那樣的三貞九烈意義何在呢？大家都看得出李明皓對她的愛慕，那麼會看不出她對另一個人的好感嗎？

雖然是暗戀，但許多時候是掩藏不住的。一個臉紅低頭的動作，一個怔忡的表情，那其中的訊息，他會讀不出來嗎？

這是在她心頭翻滾過千百遍的問題，她是為了要得到一個答案而專程到機場來見他一面的。

你知道當年我暗戀你嗎？你知道那時我總是為了想見到你而神魂不屬，真的見到了你卻又驚慌失措嗎？你知道在那四年裡，我一直在一種近乎絕望的等待裡嗎？你知道你毀了我的整個大學時代嗎？

然而直到他們一起喝完咖啡，直到她陪他辦完通關手續，直到他進入出境室之前，她終於還是什麼也沒問。

臨出境前，他轉過身來深深看了她一眼，說：「希望下回回來，還能看到妳。」

那種有溫度的話語幾乎是一種柔情了，如果在以前，她可能又會因此而心蕩神馳，但在那個當下，她只覺得是一種船過水無痕的平靜。

「好的，一路平安。」她微笑地對他揮揮手。

於是她這才懂了，想見他一面，其實不是為了要問他那個問題，而是就像舉行一個儀式那樣，她要藉由見他一面來切切實實地對自己證明，真的，一切都過去了。

＊

「為什麼不問呢？」我問。

「為什麼要問呢？」她說，「他當然知道，不是嗎？」

她是我大學同班同學，每隔一段時間，我們總會相約喝茶。我還記得那時她上課一定坐在窗邊，只為了他可能會從她的視線裡經過。她當年那場苦悶的暗戀，我是知道的。他對她的若即若離，我也是看在眼裡的。

暗戀一個人就像著魔一樣，讓一個聰明的女孩什麼也看不清。

「嗯，我也覺得他知道。」我同意，「有人喜歡自己，不會不明白的。」

她點點頭，輕輕一笑。「其實那也不是重點，他知不知道，根本無關緊要。」沉默半晌，她又說：「而是在那個當下，我很清楚地明白，他不是從前的他，我也不是從前的我。就算以前我曾經多麼深刻地暗戀過他，也是過去的事了，對於現在和以後有什麼意義呢？」

我點點頭。從前的歸從前，以後的歸以後。時間把一切都化解，好的壞的，快樂的痛苦的，都會在時間的河流裡成為消失的水花。

她拿起茶杯，若有所思。「如今回想起來，其實有過那樣的暗戀，也是滿好的人生經驗。但那終究是我一個人的內心小劇場，與他何干，不是嗎？」她嫣然一笑，然後啜了一口充滿玫瑰香氣的奶茶。

成為他的狐狸

她一開始就很清楚，對他來說，她不會是那朵獨一無二的玫瑰花。

事實上兩人之間相差懸殊，他才二十一歲，她卻已經三十五，而且，她還是他的老師。

他總是坐在教室最後一排靠門的位子，會選擇那個座位的學生，許多都是在她點完名，趁她一個不注意就溜走了，因此她對他就有些留心，上課時常常都會往那個方向看去，於是也就常常與他的視線接上。他的眼光專注且深邃，還有某種鬱鬱寡歡。一個學期下來，他始終坐在那裡，從來不曾在上課開溜，她心裡不禁對他有了一些抱歉，還有了一些模糊的、她自己也理不清的感覺。

他高而瘦，頭髮有點長，總是穿著T恤牛仔褲，揹著一個深藍色的雙肩包，就是一般大學男生的模樣。但他有某種與眾不同的氣質，不喧鬧，不張揚，獨來獨往；彷彿他坐在那兒，那兒就自成一個空曠的世界。但她也懷疑，他其實沒什麼特別，只是自己看他的眼光與眾不同罷了。

她教美國詩選，這本是大三就要上的課，不知為什麼他大四才來修，或許也是因為這樣，他與其他同學總有些格格不入。比起別的學生，他上課也特別專心，從來不會滑手機或吃東西，每每她在講著愛蜜莉．迪金遜或惠特曼時，總有對著他一人講課的錯覺。學期末時，她也特別注意他交來的報告，其實並不多麼出色，但她很用心地寫了評語，然後給了他一個很高的分數。她知道自己偏心，卻告訴自己，那是因為他真的有在認真聽課的緣故，她打的成績也包括平日印象。

或許是意識到她對自己另眼看待，下學期開課之後，他上課時凝視她的眼光更幽深了。某次課堂結束時，他上前來問了一些上課時沒聽懂的問題，於是她才第一次近看他，發現他臉色青白，缺乏健康的血色。是不是都沒有好好吃飯呢？她心中油然生起一種母性的關懷，細問之下，才知道他家境不佳，所有的學費與生活費都必須自己想辦法，所以打了兩份工，真的不太有時間吃飯，常常都是以便利商店的三明治打發過去。

「這樣不行，健康很重要的。答應我，要好好照顧自己啊！」當她說出這句話時，都可以感覺到自己臉上那種止不住擔憂的表情。

他當時沒說什麼，可是那天傍晚，她打開Mail時，卻發現他傳來一張排骨便當的照片，還有一行字：

「我有照顧自己了。謝謝關心，有人關心的感覺真好。」

這天晚上她的心情也特別好，打開Mail許多次，每看一次嘴角就不禁上揚一次，可是同時也覺得十分不忍，他身旁都沒什麼人關心他嗎？她知道他家在南方，他一個人到北部來求學，但經濟負擔讓他沒有什麼時間可以享受青春，可能也沒什麼時間交朋友，那樣的心情想必是很孤單的吧？她不禁長嘆了一口氣。

丈夫感覺到她的情緒變化，問了一句：「妳沒事吧？」她只是微笑不語。丈夫也沒真的想得到什麼回答，注意力又回到了手中的法案研究上。

該寫些什麼話回給他呢？她思索良久，終於在臨睡前回傳了Mail：

「以後有任何事都可以找我商量喔，晚安。」

從此兩人就藉著Mail有些偶爾的書信往返，於是她知道了更多他的事情，以及他的那種即將離開校園的徬徨心情。

身為一個大四生，讀的又不是符合就業市場需求的熱門科系，還沒真正進入社會，卻已因為就學貸款而負了一身債，這樣的壓力是可以想見的，她為他感到難過，但也只能盡可能地鼓勵他。她覺得他就像聖修伯里筆下的小王子一樣，降落在一個陌生的星球上，不知何去何從。

她發現自己會開始期待每個星期三下午三點鐘的這堂課，這樣的心情令她自己都覺得驚訝。近兩三年來，她已漸漸對教學失去熱情，因為大學入學資格愈來愈寬鬆，學生素質也就愈來愈良莠不齊，當大多數的學生都不認真的時候，老師要維持高能量運轉的熱忱也難。但她現在竟然會對上課懷有期待，好似回到多年前她初任教職的時候，那種眼前的世界彷彿都灑滿陽光的明亮之感。

「……別人的腳步會讓我躲入地下，你的腳步聲，卻會把我從洞裡呼喚出來，像一種音樂。還有，你瞧！看到那邊的麥田嗎？我不吃麵包，麥子對我沒有意義。麥田也不會給我任何聯想。這很可惜。可是，你的頭髮是金色的，你若是馴服了我，就太美妙了。金色的麥穗會讓我想起你，我會喜歡聽風吹過麥浪的聲音……」

她把許久未讀的《小王子》從書架上拿下來，翻到狐狸那一章，將這段話讀了又讀。她覺得這就是她對他的心情。

她其實並不知道這樣的感情是怎麼發生的，也不知道這是什麼樣的感情，但她知道她被一個比自己小了十四歲的男孩馴服了，這讓她的生命變得和以前不一樣。

她教書七年，結婚八年，從工作到生活都十分穩定，日子彷彿是深深陷入土中的柵欄，把她的人生圍在一種固定的狀態。她知道自己應該珍惜這樣的幸福，但心裡的某個角落卻是空蕩蕩的，而且那個範圍在日復一日中悄悄地擴大。

她愛她的丈夫，這無庸置疑，對她來說，他是這個世界上除了父母以外最重要的人了。畢竟她從二十歲那年就與他在一起，在這漫長的十五年裡，他們彼此參與了對方人生成年之後所有的事情，這樣的感情不是任何人可以代替。然而也因為相處的時間太久，彼此之間親人的成分愈來愈濃，情人的成分愈來愈淡。

但她的心裡現在有個秘密，那讓她感覺到自己的心在胸腔裡跳動，血液在血管裡奔流。生活還是原來的生活，一切的感受卻已和原來不一樣。她不知道那是不是愛情，但她知道那只能是一種感覺，而自己不會是他的那朵獨一無二的玫瑰花。

其實一切的發生都只在心中，不會有人看得出來她心中的變化。許多感覺也都只留在心中就好，一旦落入現實就是必然的災難。她對他維持著適度的關心，小心翼翼地走在某個情感的邊緣，那有點像在走鋼索，稍一不慎可能就會粉身碎骨。如果這份感情會對任何人帶來傷害，那就太違背她的心意了。

這份美好的感覺是有可能變成醜惡的，畢竟她大他那麼多歲，而且還是他的老師；這份感情若是成為別人茶餘飯後的話題，想必是極度不堪，她愛的人都會受到傷害，而那將是她最不願意發生的事情。

這份感覺也不可能持續下去，因為她不可能永遠是他的老師。這個身分像是一把保護傘，讓她的關心可以名正言順，不會引起任何猜疑。但這已是他在學校的最後一個學期，離別很快就會到來。

最後一堂課上，他依然坐在最後一排靠門的那個位子上，依然那樣幽深且專注地凝視她。下學期還會有這堂課，但將不會再有他坐在那裡，想到這裡，她心中湧起一陣失落，還有一些寂寞。

下課時，他像平常那樣走上前來，卻並不是問她問題，而是提出了一個令她意外的要求：

「妳可以陪我去散散步嗎？」

他從不喊她老師，就是一個單字「妳」。

這是一所依山而建的大學，校區廣闊，軟枝黃蟬開得正燦爛，梔子花沿路綻放幽香，通往後山的道路上開滿了純白的野薑，今天的校園還是像往常一樣美麗，但又和以前完全不一樣，因為她正與他併肩而行。

兩人一路上沉默的時候居多，只是偶爾有一些零星的對白。她問起他畢業後的打算，他說先不找正職，就繼續打工，然後把兵役服完再說。決定不考研究所嗎？她問。他搖搖頭，說沒這個時間，也沒這個預算。

她走累了，在路旁的椅子上坐了一會兒，他居高臨下地望著她，臉上有著欲言又止的表情。

「我……」

她忽然很害怕他要說出某些不該說的話來，她想站起身來走開，可是在這當下，她卻彷彿被魔法制住那樣，全身動彈不得。

然而他的話已到嘴邊，卻是講了一個「我」之後就沒有下文了。籠罩在兩人之間的是意味深長的沉默，沉默中充滿了盡在不言中的訊息。

一片烏雲悄悄地在遠方的天邊凝聚。她定了定神，若無其事地說：

「走吧，好像要下雨了。」

在這一刻，她心中充滿感激，謝謝當下的一切是如此美麗，也謝謝他終究還是沒有把那些話說出來。她害怕那是一說出來就收不回去的話。

他們在文學院前的欖仁樹下道別，她要回系辦公室，他要去咖啡店打工。午後斜陽照在他清瘦的臉上，並在他的身後拖出長長的影子，他在陽光照射之中瞇著眼凝視她，「那……再見囉。」他說。

說不定這是最後一面了，忽然從心底深處湧上的一股情感能量，使她不禁張開雙手給了他一個擁抱，並在他耳邊說：

「一定要好好照顧自己，好嗎？」

他也回抱了她，說：「妳也是。」

在這個時刻，世界彷彿靜止了，兩人相擁著，那是不帶任何慾望的擁抱，只是靜靜地感覺著彼此的溫度。

回到系辦公室，她一打開Mail，他的訊息就出現在她眼前：

「謝謝妳陪我散步，讓我這四年的校園印象有了最美好的結束。也謝謝妳對我的鼓勵與關心，那讓我知道自己可以成為一個更好的人。」

她明白這是他最後的道別，也確定了他對她確實也有著特別的感覺。這一切不是她的一廂情願。

而她很欣慰在這最後的一刻，他都沒有說破。使沙漠美麗的是它在什麼地方藏了一口井，有些時候，有些話還是藏在心裡就好。

小王子終究是要離開的，是的，她一開始就很清楚，對他來說，她是那隻教導他什麼是愛的狐狸，而不是那朵獨一無二的玫瑰。

＊

「後來他有再與妳聯絡嗎？」我問。

她搖搖頭。「但我找到了他的臉書，偶爾會去看看他的近況。我只能維持這樣的關心，也只該有這樣的關心。」

我喝著手中的茶，想起一開始的時候，我們在聊的其實是她的丈夫。

他向她坦承自己對公司裡的實習助理有某種情愫，但他在一切還沒發生之前就決定放下這份情感，並對她據實以告，請她原諒。

我問她會原諒他嗎？她並沒有回答，卻說起三年前，她曾經對那個男學生感到心動的往事。

「我明白那種感覺，你可能會對某個人產生特殊的情感，但那並不是因為你不愛你的伴侶了，只是那個人就是會讓你有那種和別人不一樣的感覺，如此而已。然而那種感覺停留在某種內在狀態就好，不應該帶入現實，也不該懷有期待，因為你身旁的人們不會明白，而且也可能對別人造成傷害。」她輕嘆一聲。「人是感情的綜合體，需要理智來平衡，否則就會越過不該跨越的紅線。可是感情本身都是美好的，那種美好如果是錯的，就太令人遺憾了。所以，我當然可以原諒我先生，我甚至覺得，他其實不該告訴我。」

她微笑著想了想，又說：

「不，那不該說是原諒，而是理解，因為我也曾經對某個人有過某種情愫，那讓我明白，我們都可能在人生的某個階段，成為某個人的狐狸。」

國家圖書館出版品預行編目資料

再愛的人也是別人 / 彭樹君著 . -- 初版 . -- 臺北市：皇冠，2019. 03
面；公分. --（皇冠叢書；第4743種）（彭樹君作品集；2）
ISBN 978-957-33-3428-6（平裝）

855　　108001102

皇冠叢書第 4743 種
彭樹君作品集 2

再愛的人也是別人

作　　者—彭樹君
發 行 人—平雲
出版發行—皇冠文化出版有限公司
臺北市敦化北路 120 巷 50 號
電話◎ 02-27168888
郵撥帳號◎ 15261516 號
皇冠出版社（香港）有限公司
香港上環文咸東街 50 號寶恒商業中心
23 樓 2301-3 室
電話◎ 2529-1778　傳真◎ 2527-0904
總 編 輯—許婷婷
責任編輯—蔡承歡
美術設計—嚴昱琳
著作完成日期— 2019 年 01 月
初版一刷日期— 2019 年 03 月
初版三刷日期— 2020 年 06 月
法律顧問—王惠光律師

讀者服務傳真專線◎ 02-27150507
電腦編號◎ 421012
ISBN ◎ 978-957-33-3428-6
Printed in Taiwan
本書定價◎新臺幣 300 元 / 港幣 100 元